U0939499

高铁，高铁

中国作家协会定点深入生活项目

李木马 著

中国铁道出版社有限公司
CHINA RAILWAY PUBLISHING HOUSE CO., LTD.

图书在版编目（CIP）数据

高铁，高铁……：中国作家协会定点深入生活项目 / 李木马著．— 北京：中国铁道出版社有限公司，2021.6
ISBN 978-7-113-27936-3

Ⅰ．①高…　Ⅱ．①李…　Ⅲ．①诗集 – 中国 – 当代　Ⅳ．① I227

中国版本图书馆 CIP 数据核字（2021）第 082325 号

书　　名：高铁，高铁……
GAOTIE，GAOTIE……
作　　者：李木马

责任编辑：王晓罡　　　　编辑部电话：(010) 51873343
助理编辑：王　鑫
装帧设计：闰江文化
责任校对：孙　玫
责任印制：赵星辰

出版发行：中国铁道出版社有限公司（100054，北京市西城区右安门西街 8 号）
网　　址：http://www.tdpress.com
印　　刷：中煤（北京）印务有限公司
版　　次：2021 年 6 月第 1 版　2021 年 6 月第 1 次印刷
开　　本：880 mm × 1230 mm　1/32　印张：6.25　字数：160 千
书　　号：ISBN 978-7-113-27936-3
定　　价：42.00 元

序

高铁诗意美学的发现者

◎ 叶延滨

高铁正在改变中国。

复兴号奔驰在祖国广袤的大地上。近年来，很多人都有这样一个共识：纵横飞驰的中国高铁是新时代中国一个显著标志。高铁携带着一种崭新的前进与进步的力量，前所未有地在大地上拉近了时空距离，极大拓展了人的行为半径，在带动经济发展的同时，刷新着人们的观念与视野。

美好的事物总是由物质与精神共同完成的。中国高铁，在其强大的实际功用背后，作为一种让大地熠熠生辉的美学现象，需要文化艺术上的阐释与表达跟上脚步。而李木马完成的咏赞我国第一条智能高铁——京张高铁的诗集，就是高铁的钢轨枝条上结出的诗意果实，作为他的老师和诗友，我由衷向他表示祝贺！

被誉为“钢轨诗人”的李木马与中国高铁情缘很深。2008年8月，我国第一条时速350公里的高速铁路——京津城际开通运营前夕，正在铁路文联工作的他向铁道部政治部宣传部建议，请中国文联邀请吕厚民、阎肃、吴雁泽等三十多位文化艺术界人士，首次登车体验中国高铁，我和雷抒雁、韩作荣、林莽等几位诗人也受邀登上高铁列车，在“陆地飞翔”的时速中感受了中国高铁的自豪与荣光，大家还在高铁列车上吟诗挥毫，留下一段佳话。

如果说机遇总是留给那些有准备的人，那么这本带有标志意义的高铁诗集出自李木马之手，绝不是偶然的。第一，他出生在我国第一条标准轨距铁路——唐胥铁路的诞生地唐山，从小就在唐胥铁路的路基上奔跑玩耍。1984年参加工作，他就在铁路唐山工务段胥各庄车间当养路工，从养路工、技术员、工程师、安全室主任，到创作员、宣传干部、记者，他一直扎根铁路，是几十年中国铁路发展的亲历者、见证者、记录者；第二，在我的视野中，李木马是改革开放四十多年以来写铁路诗最多、最好的诗人之一。我记得1993年他第一次发表在《诗刊》上的《唐胥铁路断想》就写到中国铁路之根。后来在2001年《诗刊》第10期“青春诗会”专号上，他创作的组诗名为《劳动，大路如虹》，那是他作为技术干部，在参与京沈高速公路跨越京山铁路架梁施工时，写在施工图纸背面的诗；第三，2008年他从《诗刊》助勤调到铁道部文联，担任创作员，参与了中国高铁的文化宣传工作的全过程，这十多年来，围绕高铁之美，李木马一直没有停止观察、思考与表达。京津城际、武广高铁、京沪高铁、哈大高铁、西成高铁、京张高铁……都有他诗意之美的文学记录。他笔下不少佳句，还被新华社等多家记者在报道中引用，成为中国高铁的“诗广告”。

时间会客观检验一位诗人的创作功力，关键的考量标准是其写出了多少大家公认的好诗。几十年的创作生涯中，李木马始终保持着良好的创作状态，发表了大量优秀诗作，仅仅在二十多年来的《诗刊》上，就能列出一个长长的“好诗名单”：《唐胥铁路断想》《和父亲做木工活》《平原初雪》《劳动，大路如虹》《在高原》《一个轻轻的我已经飞起来了》《模板张开了蝴蝶的翅膀》《我们望着山脚下的水泥灌注机》《我想到了白》《桥墩》《一只鹰盘旋在钢梁桥的上空》《车过那曲》《高原上的跑步者》《海南，高铁花环》……可以说，盘点中国新时期工业题材诗歌佳作，李木马是绕不过去的一个名字。

艺术是审美意识的集中表现，而审美意识更多来源于对美的发现与感觉。李木马曾和我说，真的再难找到比高铁更能让大地目光一亮的事物了。诗人最大的快乐，可能就是用手中的笔，率先记录像高铁这样崭新的美的事物。他曾在诗中写道：“动车如风 / 我看见被两扇巨翅覆盖的事物 / 正以亘古未有的节奏震颤……”的确，中国高铁是一个巨大的奇迹。讲好中国高铁故事，也需要张开具象与抽象两扇翅膀。这也是他创作这部高铁诗集的初衷。美是社会实践的产物。中国高铁，一路辉煌一路歌。高铁除了极大的方便了百姓出行，带动一大批产业，加快城市带、城市圈形成，显著改变中国经济社会发展格局之外，也在影响和改变着人们的思想、意识、观念、审美。

人们也惊喜地注意到高铁线路、桥梁、车站、动车等设计中的美学表达，注意到动车“小海豚”般的优美曲线，注意到动车姑娘优雅清新的微笑，以及“无干扰服务”“低调的灿烂”，注意到高铁如银线穿珠，每座高铁站都好似珍珠闪耀着独特的形象与光亮。“高铁”这个新概念与大概念已经超越普通交通工具的行业定义，而成为一个庞大的全新场域。进入这个场域，人们会发现与高铁气质相适应的“另一个自己”。进入高铁、喜欢高铁、融入高铁，久而久之，一种新气质、新观念、新视角、新感觉会悄然进驻人们的身心。很多高铁旅客都会有这样的感受：进入高铁，如同进入一种不同以往的新时空，在这个时空中，旅程变成了“新旅程”，“我”变成了一个“新我”。

中国高铁，改变了很多看得见的事物，也改变了很多看不见的东西。讲好中国高铁故事，不仅仅要告诉人们中国高铁是怎么修的，中国动车是怎么造的，中国高铁站是怎么建的，高铁是如何方便百姓出行和拉动经济发展的。我们还有责任透过理性与具象，从感性和抽象的层面，从美与艺术的层面，阐释与表达高铁是如何改变人们的观念、行为乃至思想，以及如何提升人们的审美意识。应该说，高铁蕴含的文化价值、美学意义、艺术矿藏，等等，这是一大片广袤的艺术处女地。“那高速运旋的轴承 / 分明是一个小小的星系”“座椅上的浅紫色图案 / 让人想到伊甸园的初夏”“车轮接近极致的圆 / 以及轮轨踏面伸向天际的亮光 / 隶属于哲学与美”“我为一道彩虹扎下根须的力量 / 我看见那力量一波一波向地心传递 / 去接通地幔之下激情与信念的岩浆”……这些精彩的诗句，已经超越了浅表性的主观赞美而抵达美学与艺术深处的站台。的确，对于日久生情的高铁，李木马从美学和文艺学的角度审视，他眼中的高铁之美，不仅仅是具象化的一物一体之美，而是已经形成了一个庞大的诗意美学体系。而美与哲学也有着最为直接的联系，追求极致和完美作为高铁最基本的美学属性，已经悄然抵近了哲学与数学范畴。

1909年，京张铁路建成；2019年，京张高铁通车。从自主设计修建零的突破到世界最先进水平，从时速35公里到350公里，京张线见证了中国铁路的发展，也见证了中国综合国力的飞跃。回望百年历史，更觉京张高铁意义重大。李木马意识到创作这部诗集的责任，更认识到这部作品的分量与价值。他像一名铁路设计师，对诗集架构进行精心设计，对老京张铁路与新京张高铁之间的百年中国，进行跨越时空的观照，以两条铁路的钢轨为镜，象征与昭示中国从饱受屈辱、多灾多难，到挺起脊梁走向复兴的百年之路。

为创作这部以京张高铁建设为主线的诗集，他在多次深入现场一线采风和深入生活的基础上，调动运用自身多年的铁路诗歌创作经验，从宏观到微观、具象到抽象，以京张高铁为主线，贯穿他多年来对高铁的体察、认知与思考。在这部作品中，他试图让人与自然以及工业元素符号借助高铁这个崭新的艺术舞台出场，第一次尝试着把集工程技术、工业制造、材料科学、信息技术、人工智能等先进科学技术于一身的高铁，请进一部诗集中担任主角。

正如所有优秀的文学作品都重在写人一样，在艺术探索中，他聚焦那些在中国高铁建设中创造奇迹的人们，无论是接触网工、养路工、放线工、钢筋工，还是拧螺丝的人、隧道中的劳动者、大桥上施工的人们……诗人笔下，更多的是那些名不见经传的普通劳动者。就是这些普普通通的像铺路石一样的劳动者，铸就了一项项伟大的工程，这也正是平凡中孕育伟大的要义所在。

这部作品还给我们带来这样的启示，现代社会进入了一个快速变化的发展转型期，以艺术的视角与方式进入、拥抱、讴歌，及至审视与反思都是必要和必需的，而诗人还要有进入和理解现实的耐心、勇气与能力。这个现实，不仅仅是个人物质生活与精神的悲欢，更有关于国家、社会、经济、可持续发展、产生升级，等等，这些关乎社会进步和国计民生的大现实。从这部诗集的字里行间，我们可以感受到诗人对劳动的热爱，对事业的热情，对国家发展之路的希望，都像路基下的基桩一样坚定执着。诗人正在顺着钢轨进入一座现代工业的艺术富矿，像建设高铁一样搭建与众不同的诗学建筑。顺着高铁之诗的蜿蜒小径，我们会不由自主地在诗与远方的遐想中思考高铁的精神意义。如果说人类生活在时间与空间之中，那么不断变幻与优化节约旅程时间的高铁，就是在为亿万人延长生命的内容与意义，就是在为亿万人不断创造生活的新时空！

在中国高铁这个神奇而伟大的创造过程中，还有一片广袤而崭新的诗意荒原，等待有志者去开垦与创造。期待“钢轨诗人”李木马写出更多、更美的高铁之诗！

（作者为著名诗人、中国作家协会诗歌委员会主任、《诗刊》原主编）

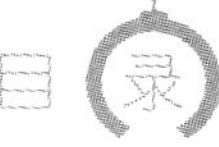

壹 • 长卷，京张之虹

大地上的乐谱 ········· 02

青龙桥的铜像 ········· 06

大山中的劳动 ········· 08

大地深处的桩基 ········· 11

以钢轨之藤簇拥五环 ········· 14

猎豹拉开的帷幕 ········· 17

诗意的华彩乐章 ········· 19

向着未来砥砺前行 ········· 23

贰 • 建设，银线穿珠

拧螺丝的人 ········· 28

转　体 ········· 30

隧道里，我们为劳动者歌唱 ········· 32

二号隧道直面铲车 ········· 34

走　向 ········· 36

穹顶，风管安装 ········· 38

铅丝绣花 ········· 40
暗中的呼喊之花 ········· 42
钢筋工潘艳梅 ········· 44
长城站挡墙 ········· 46
高铁娃 ········· 47
啤酒•浇筑 ········· 48
塔吊，三只巨鹤 ········· 49
从 0 号斜井奔 1 号斜井 ········· 50
桥之矫健 ········· 51
作业面 ········· 53
哦，钢筋丛在生长··············· 55
焊花•水花 ········· 56
民工•艺术家 ········· 58
沁　凉 ········· 60
开掘，邂逅太极图 ········· 62
石头中的铁 ········· 64
高铁送电 ········· 65
春天，我拎着扳手走过高铁大桥 ········· 67
一场雪把钢轨擦得更亮了 ········· 70

金属之鹤 ·········71
创世纪 ·········72
隧道中 ·········74
光芒之蝶 ·········75
工地午餐 ·········76
放线车开过来了 ·········77
隧道，舞台之梯 ·········79
星　河 ·········80
弓弦•承力索 ·········81
内　部 ·········82
合　龙 ·········83
在工地邂逅红旗的快乐 ·········84
打桩前的钻孔作业 ·········86
特别羡慕一座桥墩 ·········88
隧道里的钢筋工 ·········89
巨骨•光 ·········91
月照站场 ·········92
夜　晚 ·········94
那一夜 ·········96

检测车在奔跑 ……… 98
清华园：下潜 ……… 100
关沟开始的穿越 ……… 103
八达岭，隧道银河 ……… 104
口外，凛冽而清新 ……… 106
跨越，道路扛起道路 ……… 108
向北，向北 ……… 110
笔墨高铁 ……… 113
出发，新年第一天 ……… 114

叁 • 高铁，高铁

每天，动车向前 ……… 118
站台见喜 ……… 122
一块姓“铁”的铁 ……… 124
白　鸟 ……… 125
刷　新 ……… 127
梭巡万物 ……… 128
旋转座椅 ……… 129

到达场 ········ 131
动车驰过旷野 ········ 132
动车抽走了什么 ········ 133
高铁编组场 ········ 134
动车库 ········ 136
复杂性单纯 ········ 137
望高铁的人们 ········ 138
一群猎豹潜伏在它的体内 ········ 139
抽象的力量 ········ 141
大鲵浴身 ········ 142
风笛隐忍 ········ 143
高铁对话 ········ 144
大地之上 ········ 146
高铁姻缘 ········ 147
检修车间 ········ 149
渴望归队 ········ 150
高铁譬喻 ········ 151
高铁哲学 ········ 152
高铁上 ········ 153

关于一座钢梁桥的素描 ……… 154
桥　墩 ……… 156
我看见钢铁液态的力量 ……… 157
轴　承 ……… 159
仰视一颗螺丝 ……… 160
桥墩鱼缸 ……… 161
铁 ……… 162
枕木窗棂中的麻雀图 ……… 163
早晨，上线作业 ……… 164
接触网工 ……… 165
劳动的铁 ……… 167
钢轨焊接 ……… 169
吊　塔 ……… 170
一只鹰盘旋在钢梁桥的上空 ……… 172
复兴号的风笛 ……… 174

后记：其实，每列清晨的火车都是诗的头一行 ……… 182

壹·长卷，京张之虹

大地上的乐谱

今天，一条高铁如青藤蜿蜒向上
今天，一条高铁若长虹插上翅膀
今天，一条高铁如地图上崭新的红线
今天，一条高铁的乐谱旋律昂扬
京张高铁，如向上奔涌的河流
复兴号时代列车，脚步铿锵
如银色闪电穿越燕山走廊

我是一根轨枕，早就学会了担当
我是一粒道砟，刚刚学会了飞翔
我是一颗螺丝，在劳动中拥有了骨肉
我是一个在桩孔沉潜下去的意象
我是清华园隧道中的“天佑号”
在大地深处的反向顶推中持续发力
在图纸上的轴线坐标中校正方向

我是杏黄色的无砟轨道铺轨机在奔忙
我是一个随风笛飘升弥漫的意象
此刻，我是站在八达岭长城上的一棵树

顺着钢轨闪光的脉络回望过往
透过时间与空间，透过薄雪的帷幔
一条老铁路，如历史档案中连缀的旧照片
在百年之前，在曲折踯躅中
跨越一道道关口、险隘和屏障

如今，中国铁路史的百年影集中
一新一旧，两条并行向北的铁路
象征与浓缩着民族的百年之路
交织，映射，印证，相互观照与眺望
它们之间，定然存在隐秘的通道
可以抵达彼此内心的无垠远方

我看见两条钢铁的手臂，穿山越水
拥抱这个饱经沧桑国度
拥抱这个国度百年坎坷而多情的时光
施工图上的线条是微缩的紫藤吗
那一条血管般逶迤的河流啊
由北京向西北蜿蜒而上

路基延展，这大地的曲谱
梁拱飞架，这彩虹的波浪

桥墩，一排排顶天立地的音符
铁汉一般，竖起顶天立地的信念
拱梁，一道道平行于水面的曲谱
含蓄的柔情在水波不兴里缓缓荡漾
这力量交叉的图腾
这刚柔相济的意象
汇入浩大版图一阕恢宏乐章

官厅水库的鱼群，刚刚衔走几片霞光
一排排桥墩，亦如等待曙光点燃的火炬
把心中的一座座隧道次第照亮
我是一个敦实而精巧的桥梁支座
站在墩台，这大地的胚芽之上
秋风如水，梳理着心扉
悠然洞开的遐思与向往

向北，顺着铺轨机旗语的指引
仰望中，转体合龙的桥梁啊
将一条大路的筋骨缓缓托举到天上
山体内，声若春雷的爆破
那是绽放的精神之花
迸发一往无前的勇气与担当
一个声音在山谷间久久回荡
京张——京张——京张——

青龙桥的铜像

满山红枫，簇拥着一尊青铜雕像
“镜以淬而日明，钢以炼而益坚”
在青龙桥车站的站台上
一个声音仿佛顺着老钢轨的脉络传过来
倏然洞穿百年，久久在耳畔回响
从詹天佑纪念馆陈列的一张设计图开始
从青龙桥车站道岔尖端第一根螺栓开始
中国的铁路由中国人自己设计和建造
黄土与碎石铺就的路基上
有一种宝贵而坚硬的精神生根发芽
中国铁路，翻开属于自己的篇章

站在桥墩，登上梁拱
回望关山，一派苍茫
饱含骨气与刚性的“人”字行线路
依然在八达岭的古长城边熠熠生辉
我看见两条京张铁路，如兄弟和姊妹
由东南向西北，挽臂而行
如两道大地上进行的拷贝

记录着“道路”与“前进”的历史影像

老京张铁路与京张高铁
如一部钢轨之书的上下卷
书写着中国铁路
自尊、自立、自强的不朽篇章
百年坎坷，百年沧桑
百年巨变，百年梦想
斑驳的轨枕，多像一部大地上展开的史册
记录着一个民族的百年历史
道砟一般无法计数的磨难与砥砺
路基一般难以丈量的忧伤与喜悦

大山中的劳动

燕山披翠入画屏，长城巍峨雄壮
白昼，红旗招展如红枫满山
夜晚，灯火通明若银河波光
八达岭长城站，百米之下的站台
也是大山之下的艺术宫殿
暗挖群洞，那迷宫般的走廊

八达岭成了温暖而厚重的屋顶
城垛成了一条高铁图腾的轮廓
在大山根部的岩层中修建一座车站
让山岭和之上的长城安然无恙
让一条高铁谦卑地俯身潜行
让峰岭上的文物古迹保持最美的模样
建设的理念中，饱含绿色基因与文化之熵

是溶洞里的奇观，还是龙宫的景象
三层地下结构，多像大山思维的层面
迷宫纵横，挖掘机轰鸣，铲车俯仰，汽车奔忙
分明是网络游戏中引人入胜的虚拟战场

优选法与运筹学，哲学与逻辑
精益求精与一丝不苟，施展作为，派上用场
让进出站的旅客便捷安全，客流如溪流般欢畅

世界最深、亚洲最大的山岭火车站
我看见了科学家与设计师钻石般的思想
看见松针的长睫和漫山遍野的桃花
看见挖掘机的车铲啊闪闪发亮
立钢架，挂钢筋网，喷混凝土
新八达岭隧道，石头中的藤架长廊
我看见种植在岩缝中的锚索
踏石留印、抓铁有痕的执着力量

新八达岭隧道——壮美长廊
清华园隧道——遁地潜行
正盘台隧道——穿山而走
进去，走近作业面
在岩层肌肉纹理般的构造断面
我们会晤了大山内部的肌理

岩爆、湿陷性黄土、软岩变形
不是征服而是理解，张开科学与智能的翅膀
建设者说
最期待青山绿水的认可
最欣慰颔首的松柏与雏菊的勋章

大地深处的桩基

如果说加速的奔跑抵近了驰骋
如果说连续的跨越抵近了飞翔
这一座座大桥的桥墩、桥梁、桥拱
图腾一般，隐忍地辐射着力量的光芒
“长桥卧波，未云何龙
复道行空，不霁何虹”
唐代杜牧的诗句，传神地勾勒出
京张高铁在版图上的现代景象

官厅水库的水面，镜子一般闪亮
龙庆峡群峰之上的蔚蓝天空
蓝丝绸一般泛着荧光
乃至桁梁上的一根螺栓和一只扳手
在投身高铁的浩大劳动中
都能以自身的热情与豪情
照见历史，照见未来，照见梦想

“故必从事业以求精理，温故业而启新知”
曾几何时，斑驳的轨枕扛起沉重的道路

曾几何时，沉郁的笛音
发自一个没落王朝的胸腔
青龙桥车站，詹天佑
长眠于此的“中国铁路之父”
那尊铜像，用殷切的目光
注视着今天，京张高铁的走向

我是一个意念、一个梦想
我飞翔在九天之上
我潜行在岩层深处
试图读懂鸟翅和云朵的文字
试图看见刃角与岩层摩擦的火星
试图以力量之手，探进大地深处
那黑暗中力量的海洋

是的，那是钢筋笼豢养的力量
是的，那是混凝土定型的力量
是的，那是三合土夯实的力量
我们为一道彩虹扎下根须的力量

为一条高铁，砸实每一寸路基的力量
在每一个着力点，扎牢每一根基桩
我看见那神奇的力量一波一波向地心传递
接通地幔之下激情与信念的岩浆

以钢轨之藤簇拥五环

北京北、清河、沙河、昌平、八达岭长城
东花园北、怀来、下花园北、宣化北、张家口
沙盘之上的模型已然铺展在大地山峦之上
10 个珍珠般的车站依次连缀在一起
京张高铁的长藤似一根金项链熠熠闪光

还有同步改建的延庆支线，还有
枝条一般从下花园北站伸出的崇礼支线
可由此进入一片冰洁雪白之境
直达心仪的崇礼太子城奥运村的滑雪场
我是一根螺栓、一根焊条、一块岩芯
一个携带意念的细胞，一个钢轨身旁的意象

电力网线，变电装置，电缆，信号
高铁接触网。让高铁心明、眼亮
为高铁插上抽象而美丽的翅膀……
我在岩层中穿行，我在天空中飞翔
我大口呼吸着初秋的新鲜空气
看见几道钢铁彩虹依恋着粼粼波光

我看见官厅水库西侧的八道彩虹
湖面漾动的倒影，映现出奥运五环的形象

更快、更高、更强
人文、绿色、共享
高铁、跑道、滑雪场
拥有同样柔美的曲线
体育运动与高铁建设
体现出协调一致的追求方向

工地上，红旗招展如洪流波浪
我看见苍穹之上星斗的草莓夜宴
让躺在山坡小憩的工友眺望、遐想与品尝
我看见明天，朝霞擦洗着动车组的车窗
山川如画镶嵌在流动的车窗
我看见不同肤色的运动健儿
一边往返赛场，一边凝望车窗外遐想

收回目光，俯身感知奔跑的力量

我看见轮对勾画的切线与曲线
有着冰刀和滑雪板的圆顺悠扬
“物有本末，事有先后，拾级而登，终达峰极”
我又听见了詹天佑的声音
我看见中国高铁领跑世界的豪迈
我看见复兴之路伸向旖旎瑰丽的远方

猎豹拉开的帷幕

冬天的一场雪，试图改写万物记忆的模样
而黄色的综合动态检测车如一头猎豹
准确地说，我惊讶于它正午的奔跑
已经抵近了飞翔。恍若昨日
人声鼎沸、机器轰鸣的画面
一帧帧图景次第被时间收走
道路，如长卷打开崭新的篇章

建设、运营、调度、维护、应急
全流程智能化，控制与驱动
一个神秘物，滑行在理想化的轨道上
远远的，仿佛一个意念如迅疾的流水
身上的斑纹，水中的涟漪
那是穿透树木的阳光打在它身上
如梦幻的拷贝在拉伸、延长

从冷滑、热滑实验到动态检测车
从“黄医生”到试运行的复兴号
开通前的节奏环环相扣，逻辑清晰，激情飞扬

透过冬天的一场新雪
山川之上，一首恢宏的曲目
浩大的帷幕正在徐徐拉开
崭新的剧目已经开场

诗意的华彩乐章

开通，没有红地毯，没有剪彩
低调的灿烂胜过奢华的张扬
2019 年 12 月 30 日 8 点 30 分，京张高铁
G8811 次列车驶出北京北站
京张高铁正式开通运营
第一列复兴号动车稳稳启动
1909 到 2019，110 年
时速 35 公里到 350 公里
时空被车轮收卷又拉长

我是一根轨枕，我是一根车轴
我是一声风笛，我是一个梦想
我是现代高科技的产物
我同时隶属于农耕文明和游牧文明
我以铿锵的脚步向高处和远处眺望
万龙滑雪场、云顶滑雪场
长城岭滑雪场、多乐美地滑雪场……
一根青藤上的所有果实啊
都有着相同的品质，迥异的模样

连通京城与坝上，托起 2022 年
北京冬奥会的华彩乐章

自动驾驶、智能行车、智能模块
智能京张，北斗导航
那是一种怎样的“俯瞰”啊
那电波的银鱼，那光波，那磁场
不仅是精准定位，指挥行车
一种洞彻万物的视线
足以穿透时空照见梦想
看得清大境门上“大好河山”的模样

一条钢铁的手臂，拉通华北与西北
它穿越群山直奔云冈
它划过草原直抵北疆
南归的阵雁和后面的新雪
共同见证了道路的成长
从云朵的角度俯瞰中国高铁
幻化出新鲜的美丽容颜和气质形象

一列列动车组，仿佛奔跑在
天空与大地之间那真空的缝隙中
仿佛阻力变成了强大的推动力
让加速的奔跑抵近了飞翔

时代在前进，梦想一直在远处隐隐闪光
俯身，钢铁和人群在劳动
仰望，火红的齿轮名叫太阳
动车在加速，加速
还有复兴号的新成员
“瑞雪迎春”“龙凤呈祥”
壮丽美景在一一登场

有限的时空啊，让高铁
这神奇之手缩短又拉长
“凡诸学术，进境无穷，驾轻就熟，乃有发明”
我惊诧于詹天佑百年前的预言
我看见一条高铁线穿越的
不仅仅是山水的屏障

我看见八纵八横的高铁网
飞速编织在神州的锦绣之上

这大地上飞动的笔触一边改写着命运
一边让我们的旅途与生活
变成更美的模样
唰唰的车轮和低鸣的笛音说
我们越跑越快，我们越跑越稳
我们永不停滞，远方啊
还有那么多的追求与向往
哦，梦想，那隐现于群山之巅的璀璨蓝光

向着未来砥砺前行

肩并肩的舞蹈，像集体鼓掌
当动车飞驰，道路两侧的植物
开始以从未有过的节奏摇晃
更如秩序井然的鞠躬和感谢
是的，感谢命运和时间，让我们
得以投身激情创造的队伍
以无愧于心的赤诚劳动迎迓与祝福

打通中国高铁网一个关键的穴位
让西北部的版图因为一根鲜活的血管
加速生机勃勃与绿意葱葱的步伐
而那根分蘖的花茎伸向了冰雪之域
一座雪山怀抱中的童话小城
我们准备了比雪花还多的精神花朵
迎接一场为期不远的体育盛会
迎接与祝福那些赛场上、车窗前
肤色不同的微笑，蓝色、黑色、黄色的瞳仁
传达出温暖的含义，焕发出智慧的光亮

空气，也仿佛因为动车的牵引
而加快了流动，东南风中
北上西进的暖湿气流
携带着雨露和具体又虚幻的希望
奔跑，奔跑，飞翔，飞翔
越过燕山主峰的巨石眺望
一条高铁，一条河流
一根血脉，一条脐带，一条根
连接，沟通，灌溉，维系，慈航

我们、你们、他们，过去与未来
人与物的聚散，村寨的变迁，城镇的成长
张北，桦皮岭的“草原天路”
金黄色的莜麦，一片丰收景象
开满杏花的泥河湾遗址群
黄帝与蚩尤于涿野之郡的战场

画卷在过去与未来之间展开、延长
有钢轨的长卷上一时无法看清的远景

有风笛的长鸣中尚未诠释的内容
都让我们一边完善自己的劳动
一边期许历史的肯定与时间的考量

向西，向北，展望与感恩，河山怀抱宽广
眺望坝上的树木、花朵、村庄
眺望草场起伏的曲线，幸福徜徉的牛羊
大地的涟漪微微颤动，静默而宽厚的黄土地
悲悯，安详。向西，向北，燕山那边就是太行
道路没有止境，远方之外还有远方
壮丽蓬勃的中国，永远在向前的路上

贰 · 建设，银线穿珠

拧螺丝的人

他们的工作，主要是拧螺丝
拧螺丝，拧一块打了孔的铁
拧一块有了心思的铁
也顺便把自己拧紧在岗位上
高铁上的这些螺丝
都可以称之为优秀的螺丝
都是经过强度检验的螺丝

一颗一颗密集排列望不到尽头的
螺丝，任汉子们使劲拧
力量总像是还留有一些余地
就像那个流着汗、瞪着眼
使劲儿拧螺丝的小伙子
再怎么拧，也拧不干身心中的热情

我看见拧螺丝的过程中
一种力量向下走了
一种力量向上走了
我还看见每颗螺丝都像一个人

暗自通过怀里的盘山小道
努力提升着自己

看似是人在拧着螺丝
其实是螺丝在拧着一个人的信念
我朝手心呵口气
跟他们继续拧，直到
把一块铁疙瘩拧出反抗力
拧出让心为之一动的
肉体的柔软

转　体

正午阳光下伸展长臂的梁体
是巨人在缓缓转身
日晷，在地表加深着阴影的刻度
透过沙砾，我看见桥墩下面
树根一样的桥桩
在幽暗的深处紧紧抓牢大地

而中间受力最集中的那根桩
正在因努力抵抗旋转
成为一根定海神针
仰望中，巨人在缓缓转身
我看见玻璃一样的天空
被梁体犁开的划痕，迅疾弥合
天空中，一道优美的曲线随之变浅

两边而来的道路
从大地出发的渐趋一致的走向
试图在天空中找到接口
京张高铁，由于一座桥梁在转体

身后的道路也跟着转体了

于是，天空跟着转体
于是，大地跟着转体
于是，视线跟着转体
于是，观念跟着转体
我从一次例行的施工中
在微微的晕眩中看见生活的哲学

似乎被从大地上拎出来的道路所牵引
于是，目力所及的事物都开始转体
我的脚底变轻，似乎
感觉到一种超然的力量
彼此通向了对方
此刻，我似乎看见
世界上一切正在转体的事物
有着一个共同的轴心

隧道里，我们为劳动者歌唱

今天，我像一个因子
顺着隧道的喉管进入大山的胸腔
今天，我们相聚在隧道中的“施工剧场”
今天，我们来到建设中的长城站
今天，我们来到劳动者的身旁
那些工友笑容满面，穿着崭新的工装
那些机器、车辆像走出地层的恐龙
隧道里，看见它们满身泥浆
——鼓胀着原始野性的力量

这穹顶下的剧场，共鸣的大音箱
隧道边墙下，小树苗一样的预留钢筋
那是科技与人文的力量在生长
红色，蓝色，白色，工友的安全帽熠熠生光
主持人的红风衣，工地上旗帜的色彩
优雅夺目，又是那样阳刚

今天，诗的回声洞穿了大山
啊，长城下的诗会，大山的回音壁

也在助力我们歌唱劳动
歌唱新时代的希望
老京张铁路，就在我们头顶的上方
詹天佑铜像和人字形道岔
那曲折的道路啊，就在我们头顶的上方

我们看见你们，隧道中的劳动者
我们的兄弟姐妹激情洋溢，双眸闪亮
你们才是真正的诗人啊
那些隧道、桥梁，那些轨排、接触网
世界上第一条智能高铁
正是你们用心写就的诗行

今天，我们心怀亢奋与崇敬
今天，我们钻进了大山的胸腔
我们和你们肩并肩，手挽手
今天，我们像隧道一样敞开喉咙
——为英雄的劳动者歌唱

二号隧道直面铲车

八达岭二号隧道
口径也比一号隧道大一号
路宽，坡度起伏也大
开车进洞，像虫蚁钻进石洞
颠簸中有起伏跌宕
与荡气回肠的意思

料堆，反光条和警示灯
斜靠在一起的工具
都保持了灵性与动感
对理解它们的人，任何一台机器
都能大致懂人的心思
保持着人的姿势与劳动的美感

而金属的劳累我们还不太懂
如刚才直面而来的铲车
壮硕的后轮夸张得有些过分
轰鸣中有牢骚也有点霸气
“闪开，闪开，我忙着呢……”

两只巨目长在额角
像极了动画片中的巨兽
以毋庸置疑的霸气开过来
恐龙般棕黄的油彩
在路面的泥浆中荡漾、夸张变形

换个角度看
二号隧道就是一条画廊
所有场景，皆属于印象派油画
有的偏于现代派
有的偏于荒诞派

走　向

从百年前的京张铁路
到今天的京张高铁
道路在成长中反而低下了身段
从绕着山岭迂回前进
到从山根下以长大隧道洞穿

是观念意识和科学技术的力量
把弯曲起伏的道路一下子拉直了
山腰满坡青翠，从这里望过去
高压电缆的线塔
以小学课本中的伟岸
擎起了恢宏的曲谱

一场夏雨刚刚止歇
大面积的灰色云团
在低处搬运着天空
灰色云团，如凭空而来的神秘力量
为工程运来散装水泥

顺着被云团压低的视线
顺着新铺的钢轨
我看见很多
准备以崭新方式前进的事物
高铁，专注的走向如某种意志
在悄然下潜中
抵达了某种低调的深度

穹顶，风管安装

大山之下的车站
巨大的地下迷宫，钢轨
仿佛通着另外的世界
穹顶，是近乎完美的
哲学与美学的弧度
让好奇的目光也有了逻辑关系

仰视，寻找它们的节点
理解直与曲、线与面的关系
几位穿黄色工装的工人
如行为艺术工作者
在隧道中安装风管
闪亮的白铁皮打制的风管

决定着隧道肺活量的风管
像巨蟒闪光的身躯
红色的升降车也像玩具
升起来，降下去
降下去，升起来

牵扯着我们好奇的目光

让新鲜空气进入大山的胸腔
让清新周而复始地循环
我努力地想象着
除了我们的呼吸之外
究竟还有哪些事物
将被这条抽象的溪流灌溉

铅丝绣花

今天下午的劳动
就是把每一根细铅丝变成花蕾丝
女钢筋工手中的绑钩
如水鸟尖尖的喙，让铁
让阳光的瀑布打磨得更亮了

网格，大与小的逻辑
规矩，是劳动最本质的美
遵从某种法则，无论直角、斜角
无论粗钢筋还是细钢筋
凡是交叉的钢筋
都要系一朵虚无之花

大处看，手势像写意
小处看，指法却是工笔
每一朵花大同小异
镶着金属丝边，你手下的花
与牛仔服上被铁锈渲染的
另外的几朵并无二致

在隧道，以及地下建筑的长藤之上
劳动的花朵自有隐忍之美
就在今夜，月光再次见证
它们被混凝土保鲜的刹那
可以看作窒息后的涅槃与重生
或者说，仅仅是现世的花朵
变身为来世的花朵

暗中的呼喊之花

从一号斜井进入主洞
像穿越白垩纪恐龙的体腔
工人们在清理杂物
灰暗的烟尘沸腾
低处，钢轨乌亮
一条高铁，即将掀开浅灰色的盖头

台车上，蛇皮袋已经码得很高
显然，刚才是出了点问题
头灯照过去，左边
一个小轮脱离了轨道

“一二三、一二三”
试了几次，那小轮眼看上去了
却又无奈地掉了下来
此刻，一个女性的声音突然出现
“一二三、一二三”
那声音像飞翔的花朵
不断被隧道壁撞回来

产生了某种反射力

推上轨道的台车走远了
伙伴们的赞美声走远了
黑暗中的花朵
我没有看到她的容颜

钢筋工潘艳梅

在昌平北钢筋加工基地
在露天车间的操作台上
假如我们忽略劳动中的潘艳梅
就会看到一副手套在舞蹈
两只白鸽子已经变成灰鸽子

钢筋工潘艳梅
31 岁，河南新乡人
做勾筋，直径 8 毫米
8 根一排，脚踩开关，数秒完成
系着花围裙，圃中的园丁
钢筋，小葱一样粗细的钢筋
让她拿捏得有滋有味

工作定额每天过万
一把一把、一捆一捆的勾筋
过几天就要爬到藤架上去了
而此刻，它们在潘艳梅身边
柔软下来，等着夕阳照进了工棚

变成了金属的蒜薹

吃晚饭的时候我又碰到了潘艳梅
牛仔裤，绿拖鞋，刚刚洗过的头发
盘起来。她正拿着饭盒走出宿舍
工棚低低的屋檐下
两串红辣椒，开始了
晚风中意味深长的晃动

长城站挡墙

如古代武士的甲胄
好威武的一面挡墙
像巨大的出土文物
让人想到几百年的这里
戚继光将军的队伍

锚杆，25 米长的钢筋
像扎进大山体内的力量的根须
45 度角，以最佳受力方式
呵护一面山坡，呵护一片绿意

而那些拼装式混凝土挡墙
需要牢固，也需要美
需要造型，需要让土石舒服
也需要让植物看着舒服

从几百米之外回望这片挡墙
大山的铠甲，与远处的长城
有了某种默契的守望

高铁娃

“京张高铁，四年多的工期
我们项目部，就有二十多对小夫妻
把娃生在高铁旁……”
赵高铁、王京张、徐冬奥……
大家比着赛着把娃们的名字
和京张高铁挂起钩来

工程也要生出“优质娃”
隧道和桥墩
光润得像娃的屁股蛋儿
摸上去心里美得很
真像摸着自己的娃

营地门口
最显眼的是一辆
动车版的塑料玩具车

啤酒·浇筑

现在是初夏，采风归来
我们从工地回到营地
整整晚八点，我和谢崇志、徐博
散步到东边西拨子村的兰州烤串

街边排档，凉啤两扎
风从八达岭方向吹来
凉如铁，凉如啤酒
谁说了句，今晚长城站顶棚浇筑
我感觉液态的力量
一下子灌注进了身心

然后我们以抢工期的速度
抢着买单，然后
我们一边往回走
群星，像工地上的灯火
在头顶和我们心中闪烁

塔吊，三只巨鹤

长城站站房工地
三座塔吊，橘黄色的植物
如三只相互谦让的巨鹤
平伸的巨颈在天空中勾画着弧线

一边转身，一边起落
立体的函数曲线展现舞蹈之美
高荣霞，塔吊指挥
30 多岁的沧州女工
每天工作早六点到晚六点
钢筋的苇丛中
她是一只勤奋的水鸟

工地上，橘黄色的塔吊
是站得最高的巨人
因为站位和高度不同
如巨人莅临
背后，亿万斯年的群山
也跟着生动起来

从 0 号斜井
奔 1 号斜井

从 0 号斜井奔 1 号斜井
仿佛穿行在历史的隧道中
水关，长城，石佛寺
一路上邂逅几拨“驴友”
山岗上，农人的草帽下
闪出似曾相识的容颜

水关，老京张铁路的铁桥
如尚未退役的老兵
沧桑面容，灰土之下锈渍斑驳
远处，居庸叠翠，长城枫红
隧道口，放蜂人在忙碌

而隧道深处
打磨与焊接的工人们
一边制造花朵
一边辛勤酿蜜

桥之矫健

一边是居庸关隧道
另一边是新八达岭隧道
中间的桥，宛若
雄鹰的矫健之骨
小小峡谷的底部
一条高铁的轮廓，渐趋明朗

边坡上，小蘑菇一样的锚杆
固守在岗位上
几位来自河北邢台的工人
在铺设通信电缆
承台下方，挖掘机
像一只勤奋的昆虫
翻出新鲜的泥土

视域高远，飞翔
大山的翅膀
随着试验车的临近而轻轻震颤
大地如画板

动车的笔触在刷新万物
而在云层的上方，是一只鹰
以与之对应的速度穿越一道闪电

作 业 面

作业面，像作业本上的
一道数学题。再细分
是一道几何题或者代数题
台架，机械的手势
分明是金属的奇数、偶数和英文字母

渐露本相的穹顶之下
三臂台车，像一个大力士和变形金刚
打一个钻孔，两分钟
几十年前的风枪需要三十分钟
而百年前詹天佑的伙计们
大锤和钢钎，需要一整天

掌子面，指的是手掌的侧面
如巨人挥动的
一个向前的手势
向前，向前
两条京张铁路
诠释着一个民族

走过的百年道路

托架，向前探出的
不同层次的手臂
工友，像身着工装的音符
以生动身姿阐释劳动之美

作业面，半月形的油画
景深在推移，5G 效果
让现实与舞台
让历史的现在和现在的历史
弥合了裂痕

哦，钢筋丛在生长……

这些数以万计的钢筋
半人多高的样子
被我在诗中比喻成竹丛
我似乎看见了它们的生长
携带着通过人和基桩所赋予的
大地深处生长的力量

哦，工地上的钢筋丛在生长
生长，它们凌乱而秩序井然
似乎携带着科学与意志力
似乎又充满乐观和陶醉感
而又仿佛在道路的长廊中
长期肩负某种使命

哦，现在是夏季
钢筋丛的生长速度
超过了身边的植物
发现没有？即使没有风
那些胆子大一些的
开始像柳枝一样摇曳了

焊花·水花

风枪手们，指不定是谁
指不定什么时候
就会捅破大山体内的血管
于是施工现场就变成神话小说

于是，支护，封堵，焊顶
于是，水帘洞同时是炼丹炉
于是，水花与焊花相互浇灌
于是，水火相容和谐如模范夫妻

冰冷的水涌出石缝
如同在石头中憋了几亿年的话
终于借助人类的钻头
呼喊出来，咆哮出来
而我们的劳动
多像伟大的安抚与劝诫

大山之下，水与火的舞蹈
像生活中的痛苦与欢乐

淋漓尽致，相互映射
你来我往，此消彼长

哪一条崭新的道路
不是另一条道路的涅槃
而此隧道，贯穿始终的水与火
多像是时间的影子
飞过石头的两扇翅膀

民工·艺术家

施工的隧道内
井然有序间掺杂的凌乱
抵近了艺术
于是，民工的身影
在水洼中舞蹈。油彩
很多时候是以脚步和身影涂抹

穹顶的弧度正在显形
类似于从凌乱的石纹中去芜存菁
开凿出真理。是的
每一项工程都暗含真理
科学，繁复，简洁
那些隐身于事物背后的东西
那用哲学都难以概括的
迷人又诱人的极致

而农民工张二栓
并不了解这些，他只知道
要努力打通这段

隧道中的“血栓”
他只知道，自己就是一根螺栓
只要隧道未通
就要像锚栓一样锚固在石头里

其实，很多“悖论”也是真理
像此刻的隧道内
很多工人并不知道自己是艺术家
他们只知道把活干好
把钱挣回家

此刻，我的责任也只是
把他们的名字写进一首诗
镌刻在一座无形的丰碑上
张二栓，刘建国，王彪，冯东来
林平，曹喜，李东东……

沁　凉

山体中的一块铁
如一块回老家的石头
见过人间的世面
沁凉，有智者的冷静
走进大山深处，我有某种恐惧
随着与洞口拉开的距离而加深

在施工中的隧道作业面
一台满身泥浆的机器
像一头巨大的史前动物刚刚走出地层
是它身上一块闪着幽光的铁
让我在瞬间稳住了心神

它告诉和提示我：你仍处于
人类的世界之中
“世上本无绝路，甚至
我们可以从石头的内部讨要道路……”
隧道深处，一块铁说话
等于另一个世界开始说话

我如一块走动的铁
紧闭着嘴唇和它说话
我久久抚摸这块铁
试图接通肉体与铁之间的电流
铁坚持用它的冷静与沁凉影响我
我也特别想给一块铁以人的体温

开掘，邂逅太极图

隧道深处的石壁
沁凉，冷艳，新鲜如肉体的内部
也特别像化石中
历史深处的容颜

工友们在掌子面
发现了一幅太极图
乃至那石面上的旋涡
竟然应和了旋挖钻机的切面

一条虚无的曲线
连缀着历史破碎的断层
上盘为灰白色斑状二长花岗岩
下盘为灰色花岗岩
围岩一半坚硬，一半柔软
焕发着深藏亿年的光鲜

八达岭长城下的大山中
突然出现的神秘图案

惹人深思，浮想联翩
它像历史深处
从未凝固的图腾
更如新时代的一条高铁
奔驰在复兴路上的
前进的车轮
一直在飞旋，飞旋

石头中的铁

隧道中的铁
比阳光下的铁沉稳和冷静
在京张高铁的八达岭隧道内
我看到过这样的一块铁

隧道里，没有光源
这块铁依然保持着自身的亮度
如一位山洞里修行的高僧
沉默，安静而自足

看到这块铁的时候
我有些躁动的心沉了下来
看到这块铁的时候
我感到隧道里的空气更凉了

喘着粗气的岩壁
以这块铁为核心
缓缓围拢过来，空气
像弥散开来的透明的铁

高铁送电

高铁送电，约等于
一条抽象的河流开闸放水
10 千伏电力贯通全线
下一步，就是站后四电工程
联调联试。再以后就是开通运营
抽象的逻辑环环相扣

京张高铁，一条逆流而上的大河
清水般的电流
将浇灌通信基站、中继站
隧道照明、防灾救援
以及车站其他设备

电流的大水，将通往
京张高铁、崇礼铁路
7 座新建的 10 千伏配电所
130 座箱式变电站安装
1656 公里 10 千伏高压电缆

送电，对于一条高铁来说
如神经和血脉开始工作
送电，象征一位沉睡的巨人
真正意义上的醒来

春天，我拎着扳手走过高铁大桥

橙红色的钢梁
与翠绿色的钢梁
有不一样的气质
包括水面上的倒影
亦有波澜不惊的细小差别

现在，我走上钢梁
就像杂技演员走上了天空
特别是往下看的时候
更乐于体验小小恐惧中的惊喜
无论从工程技术还是诗意表达
我内心知道这些金属
和与之耳鬓厮磨的伙计们
是那样令人信任

你要是和我一起来
你也会感到它们
和他们中的任何一位
作为一首诗中的意象

都是那样完美，包括
那些纷繁抽象的逻辑关系

从南头走到北头
我如同一只鸟，穿过了
空中的钢铁丛林
甚至在跃过某段羁绊
那零点零几秒短暂的飞翔
我也像某段槽钢在天上张开翅膀

走在钢轨之上，桥架之上
我知道，多年的任务依然是寻找
像铁屑和蚂蚁一样寻找
顺着焊缝的河流向上游寻找
寻找小小星辰一样的螺丝
也寻找扳手，寻找支点
和某个绝对安全的死角

然后一扣一扣地拧

朝着金属和自己的骨缝
持续发力，朝着
事物的内部持续发力
啊，天空和大地
多像两块透明的钢板
而我的扳手和某个螺丝
竟发出了鸟鸣一样的声音

是的，昨天夜间施工
天空中星斗的位置
都让伙计们一一上紧了螺丝
而现在是早晨，朝阳
已在焊缝中将天空溶化
我知道一会儿，沉睡的铁
会渐次醒来。它们都知道春天来了
它们都会在扳手和焊枪的呼唤中
发出特有的回音以及炫目的光

一场雪
把钢轨擦得更亮了

的确是一场雪
把钢轨擦得更亮了
万物肃杀的季节
钢轨的光亮像是从铁和石头中
出走的光亮

一种搏动地向前、向上的力量
如果是没有这些螺丝
这些闪亮的钢轨，会不会
借助舞动的力量飞腾起来呢

冬季，铺轨
万物凋疏的季节
两根长藤在执着地延伸、延伸
高铁像一位超人，望向远处
微微眯起的两道目光
让时间和风雪擦得更亮了

金属之鹤

毕加索的简笔风格
也有林风眠和吴冠中笔下的鹤
身心中某些超然的部分

超拔而整齐
两排接触网线杆
呈现鹤骨的代表性姿态

包括这些金属构架
以及被擎起的高铁另外的线索
以及金属那肉眼看不到的血肉
以及电流，奔跑之上的飞翔

创世纪

隧道中施工的场景
让我想到一部大戏
和一张巨幅油画
——创世纪

新八达岭隧道，十二公里
舞台，数百名劳动者
色彩鲜艳的服装道具
以真实的汗水涂抹脸庞

与常见的劳动略有不同
与天地之间的劳动略有不同
半明半暗之间
具体的劳动显现出抽象的一面

乃至隧道里，一个身影
倏然巨人般倾斜下来
令人对陌生化的劳动之美
躲闪不及，猝不及防

在这个舞台中
感知的毛孔要全部开启
脚尖要长出眼睛
深处弥漫出来的沁凉
引诱我继续往里走

越往里走，手臂越凉
继续往里走
会不会逆着时间的枕木
走成山顶洞人
或者把自己走成一块石头
或者一块暗中发光的铁

隧道中

走进隧道
如虫子钻入巨大的竹笋
被一套优美的弧度
环环相扣地揽在怀里

黑暗中向上的梯子
把光尽量举高
承力索，挽臂，吊柱
抚摸这些与身体相关的部件
触及高铁
内部的体温

作业车开过来了
笨拙地跨上去
瞬间，手掌在酥麻的震颤中
接通了肉体与金属的
共同的心跳

光芒之蝶

翅膀发亮的蝴蝶
驮载着美与光晕
率先飞进八达岭隧道
我甚至瞥见了它两扇翅膀之间的腹纹

这不是一件小事，正是它
在整条高铁工地上
率先将美学之光
投射在首段铺好瓷砖的站台上

这只蝴蝶，或者叫蜻蜓的双翼
像美的第一颗火种
进入了一道艺术的长廊

我有幸作为知音
率先仰望它
率先打开毛孔
被一种令人陶醉的温热
轻轻沐浴

工地午餐

今天的午餐加了鸡块和小炖肉
项目经理说，伙计们太累了
你看吧，一会儿说着话就会打起鼾
小伙子睡得比铁还沉

“他们是会使筷子的铁……”
在接触网上穿针引线
比织女的手还要灵巧
伙计们吃得很香，很投入
身旁的铁
也投来眼馋的一瞥

八纵八横高铁网
他们的确是版图上织锦的人
技术员，青工，织女
有位湖北师傅说，已多日未见
自家的老织女了

放线车开过来了

放线车开过来了
学名：恒张力放线车
今天它是隧道中
劳动剧目的第一主角

前几天还看见它
在居庸关隧道口外施工
我还点赞了它的色彩
甲虫一般，这种工装黄
与漫山的绿简直绝配

老伙计，今天
我们又在隧道里见着了
今天我叫它
盘丝洞的蜘蛛精

放线车开过来了
它显然也认出我来了
车灯使劲闪了两下

我走上前去
在它的鼻梁上
使劲拍了两下

隧道，舞台之梯

隧道中的梯子
黑暗中的梯子
没有登天的想法
但仍有向上的欲望

蹲在下面，仰望
一座抽象之塔
与高处的劳动有关
与汗水浇铸的信仰有关

一架铁梯
像瘦到极致的巨人
也像一首诗
拧干了水分的
架构

星　河

十二公里长的隧道
几百名劳动者
头上都顶着一盏灯
而我，正穿越其中

像踯躅在个人化的
需要不断摸索的历史中
深一脚，浅一脚
甩落额头的汗水、惊悚
以及身心中一些不洁的事物

小憩，靠近身边的星光
一边试图成它们中的一盏
一边按动快门
拍下了大山中的小小银河

走着走着，感觉到
脚下轻盈，仿佛飞了起来

弓弦·承力索

接触网上边还有一根铜线
叫承力索
承力索垂下来或长或短的竖线
叫吊弦

紫铜的承力索
是一根信念之绳
亦若水草垂下根须
在与钢轨相呼应的上方
成为另一条河流的脉络

再近一点，再多看一会儿
眼前尽是线描的浪花
闪光的曲谱
让我们心中的那股劲
绷得越来越紧了

内　部

隧道中的车站
堪称一条高铁的内部
走进去，微凉
感觉是一只蜗牛
走进一个庞然大物的体内

有一种诱惑让我往里面走
并且试图在一层一层的
递进与旋转中
找到另外的空间

所有的事物都存在内部
所有事物的内部
都要比外部冷静一些
新鲜一些

合　龙

两条铁龙合二为一
需要我们以杯口大的螺丝
点睛

当赤膊的汉子合力将其拧紧
我分明看见一股力量
从一块钢铁迅速而神秘地
蔓延到另一块钢铁

站在洪流之上的拱顶
以理性的狂欢托起一轮红日
两岸的力量
通过劳动者的扳手
把长臂紧紧挽在一起

在工地
邂逅红旗的快乐

的确，这么多年来
我常常在工地邂逅红旗的快乐
现在，这里是高速铁路
早晨 9 点的大桥工地

因为轰鸣的机器
因为蚂蚁般的劳动者
因为大桥下面的一条大河
因为蔚蓝的背景，因为
有源源不断的力量聚拢和上升
高处飘扬的红旗
格外醒目和提神

很多时候，我把它理解为
工地的心脏和灵魂
形如火苗的舞者
将天空浓缩在尺幅之间
以具象阐释着抽象

此刻，每一片横梁和斜梁上
都铺展着棱角分明的光芒
还有甲壳虫般的大铆钉
血管与河流般的焊缝
冷峻而严肃的钢铁
也在默默回应内心的温暖

仰视，从这朵红色的波涛中
感知某种默契的召唤
我们也偶尔俯首
看见水面上一群快乐的红鲤
正源源不断地
把我们和钢铁心中的光芒
运向远处的大海

打桩前的钻孔作业

开挖基坑的时候
我会晤了沙层中的晚霞
以及云朵的褶皱和曲线
工友们戏称，我们将从这里
投下直径 1.5 米的导弹束
用力量的核能
引爆大地中沉睡的花朵

海螺形的巨钻
朝着大地深处生长
像我们用力拧紧每一颗螺丝
旋转，用力，毋庸置疑的态度
向无边的深处抛洒优美的裸线
它像淘气的孩子
感觉事物的深处那么诱人
此刻，假如某一颗螺丝回首仰望
会看见头顶
有一轮蔚蓝色太阳

我看见虚无的花瓣
从具体的蕊源出发
沿着锋刃边缘坚韧而闪光的曲线
涟漪般朝大地深处扩散
——扩散——扩散

悲悯的大地啊
因激动而微微震颤
借助于铁石摩擦的火星
某片地层中沉睡亿年的贝壳
在梦中悄然张开鸥鸟的翅膀

特别羡慕一座桥墩

我愧于不能像它们
在大地上扎下深根
更羞于无力让肩头的力量
张开翅膀

我总是羡慕它的执着
一座座丰碑，无字
且能降下身段
扛起了，就不会放下担当
我们是铁哥们
知道在彼此心中的分量

烈日下，它的身影
是我们午餐和小憩的天堂
工地上来来回回经过它的身旁
也总是情不自禁地
使劲拍它几下

隧道里的钢筋工

深入大山的腹部
绣一道长长的花廊
用旋钳与钢筋拉钩
把钢筋松散的力量
团结在粗糙的掌纹里

于是，石头的味道
钢铁的味道
冰的味道，土的味道
都有了工地的味道和筑路工的味道
——谁又能说
这不是生命之花的芬芳呢

仰望弯月形的穹顶
无根无枝，也没有具体的果实
想象这道壮观的长廊
会收藏多少汽笛之花
想象一条高铁
会催生多少朵生活之花

直径 0.6 毫米的铅丝，挽一个扣
就是绣一朵花啊——这纤弱之花
衍生出撑起大山的力量

我俯下身来
熟练地挽起袖口
和他们一起绣起来

巨骨·光

站场上，巨骨在闪光
天庭下，巨骨在闪光

是工字钢、槽钢、角铁、金属管在闪光
是钢轨、接触网、承力索、吊弦在闪光
是从大地一直拧上天空的螺丝
在闪光

不仅是太阳的照耀
它们自己也在努力地发光
以几根琴弦为主线
绷的劲越足，光就越亮

师傅们的臂膀在发光
额头在发光，一切的光
包括劳动之神，包括工期
和总指挥发红的瞳孔
都在争分夺秒地发光

月照站场

月照站场
沐浴，也类似一种形而上的洗礼
钢轨，那并排的闪亮河流
借助一根枕木泅渡彼岸
检车锤的叮当声，如木鱼

黄衣人，如僧侣检点自身
也检点整个世界
几声咳嗽，如生锈的铁
产生裂纹。轨顶上的光
接通了月光的高速铁路
今夜，站牌的相思病尚未痊愈

我坐在旧钢轨上
想起被风沙掩埋的马踏飞燕
有一种奔跑来源于内心
像此刻，远方
借助夜色弥合巨大的缺口

月光下的站场，列车应发尽发
一种巨大的空，一种孤独
在落霜的钢轨上弥漫开来
午夜三时，薄雾渐起
信号灯，在低空中
凿出了忧伤的彩色隧道

夜 晚

傍晚，雪越下越大，天空
像灰白色的车库铁门
正在缓缓关闭
通过轻微的喘息
我知道回库的动车有些疲惫
但每一个部件依然绷紧了肌肉

它们没有一颗螺丝松动
一会儿，它将进入沉思与冥想
车灯，洞穿空气的一个喇叭形隧道
光芒的小小隧道中
我看见数以亿计浮游的微尘
一会儿，几列动车对大地所有陈述
将一一归于静寂

那些浪漫与抒情的铁，飞旋的车轮
螺栓，焊缝，电路，发电机亢奋的心脏
都将在瞬间回归理性
回归逻辑与沉默的哲学

夜班检修的小伙上岗了
在高铁整修库，他们像外星人

如同检修着身披奇异光芒的 UFO
他们的扳手上
他们的瞳孔中
也像灯光在车身聚焦的地方
闪烁奇异的光芒

窗外，被风刮削的金属的雪
闪烁为隐忍的光芒之海
虽然目光仍被某物遮蔽，但可以想象
在被雪遮住的高处
群星，闪烁着与车灯之蕊一致的
——光芒

那一夜

那一夜，月亮在西天
被打磨成半个车轮
那一夜，月亮在天空
透明的轨道上旋转
轮与轨摩擦的火星
被大风擦亮，定格为一道银河

那一夜，天上奔跑的一列动车
忽然想念遥远的大地
天马行空的奔跑
忽然想念脚踏实地的奔跑

坝上的某个小站
必须像一颗道钉
在土塬上把自己钉得深一些
以免被一列呼啸而过的动车
连根拔起

清晨，似乎一切不曾发生

小站，女工晾晒刚刚洗净的工装
被春风再次拂起
那欲言又止的美
像人类插到月球上的小小旗帜

检测车在奔跑

的确，那是一头猎豹在奔跑
综合检测车已经上线
浅棕色的身影
有山坡上树影投映出的斑纹

那是一阵铁质的风
在以毋庸置疑的姿态奔跑
如同一种具体化的意志
带动一阵新鲜的风
在刷新着两侧的事物

一条崭新的高铁之上
一列动车开始了奔跑
如同机体之上
某根神经接通了电流
如同开闸
崭新的河床上
涌来奔腾的水流

一阵崭新的风
让树木情不自禁地鼓掌
而动车两侧的百余扇车窗
如飞速拉动的拷贝
回放着这个国度的百年沧桑

清华园：下潜

如一条河流，下潜
如一头巨鲸，下潜
清华园，一座老车站的名字
今天，变成了一座隧道的名字
京张高铁，选择低调的方式
穿过北京的城市核心区

繁华的城区未曾察觉
地下的清华园隧道
世界上最先进的泥水平衡盾构机
名字叫“天佑号”
让人想起一百多年前的詹天佑
和京张铁路的清华园站

掘进，向历史的深处
和时间的深处掘进
盾构机的刃角
勾画着一个巨大的表盘
让时间在一条高铁上

同时拥有了两个以上的走向

长达 6 公里的清华园隧道
要穿越地铁 10 号线、12 号线和 15 号线
在地下，与地铁 13 号线并行
下潜的道路，在地表之下
在事物的底层构成寓意

几年前，清华园火车站
在京城深情谢幕，前来道别的人们
把鲜花放在记忆门口的位置
是的，前进的道路变得立体起来
和高架桥一样，下潜的隧道
让大地上的道路立体起来

四道口、五道口、双清路道口
车辆拥堵、人流熙攘的道口
也仿佛在一夜之间悄然隐身
高铁再次回到地面

清河站，小站华丽转身
成为高铁藤蔓上的一颗珍珠
高铁、城铁、地铁让这颗珍珠
有了不同的侧面

而有着百年历史的老清河站
像一张老照片，整体平移
进入文物中的历史相册
而一条高铁，似乎越过了羁绊
轻快而潇洒地
——跑向远方

关沟开始的穿越

京张高铁如一条手臂
挥别主城区，跨过沙河站
它要在昌平向北，开始穿山越岭
关沟，太行山脉与燕山山脉的分水岭
百余年前的京张铁路
关沟就是头一座横亘的难关

今天的高铁没有了先前的委婉
3 公里长隧道穿越山体直接会晤居庸关
而更长的新八达岭隧道
如一道金链

讲究“之乎者也”的年代
选择“之”字形线路翻越八达岭
是一种顺势而为的智慧
而今天，面对一座大山
我们可以选择从山根直接穿过去
今天的中国
有了这样的力量和底气

八达岭，隧道银河

新八达岭隧道
如一条岩石中的银河
托起大山中的一座高铁站
八达岭长城站，万里长城
和一条智能高铁成为
跨越千年的兄弟

百余米的斜梯
就是百年中国
努力向高处提升着自己
精准微爆破，相当于
每爆破一次
只是在长城上跺一下脚
建设者，是不是
以特殊的方式唤醒了什么

这是艺术的长廊
连续拱顶曲线，风笛的回音壁
如音乐厅，如艺术的殿堂

在建设期，我们曾在这里
举办过一次诗歌朗诵会
大山的胸腔共鸣音
甚至感动了钢筋混凝土

通车了，通车了
笛音在岩石的深处划过优美的曲线
隧道里的灯盏
是银河上的星座
每一盏灯，都像建设者
一颗炽热的心
每一盏灯，都如一个祝福的笑容
温馨旅途，弥漫着祝福的光芒

口外，凛冽而清新

道路在抬升着海拔
精神之旅亦然
怀来，京张高铁的河北第一站
东花园北站，让人想到无边花海

官厅水库的波浪
也像簇拥的花瓣托起一道彩虹
特大桥的钢梁是曙光的颜色
如建设者的工装
如建设者的情怀

我从一张航拍的图片中
认识了京张高铁
邂逅碧水的神态
那么隐忍，那么低调，那么含蓄
它低着头奔跑
像是要跑到水面上的倒影中去

让一条高铁跨越一泓纯净之水

荡涤钢铁心中的尘埃
让心田浸润抽象的水分子
让拱顶上眺望的目光
也像两道溪流淌向远方
让大风口的风，吹动
那丛林般的发电风车

是的，我还在冰面上
会晤了一列动车
匆匆闪过的倒影，与水面上
的倒影不一样
朦胧中，披着霜雪的坚硬气质
让我们懂得了砥砺前行的含义

跨越，道路扛起道路

向北，溯流而上
高铁如一条奔腾的河
与大地上的河流不同
道路的河流需要穿越或跨越
大秦铁路是一条乌金之河
京包铁路如一只负重的驼队
京藏高速公路是边陲
连接心脏的一条血管

土木特大桥如一位巨人
立起挺拔的身姿，蓄积力量
从更高的地方健步跨越
让重达万吨的桥梁
空中转体，让一条河流
从三条河流的上空流过去
几条道路拧成了
一种抽象而强大的力量
并肩携手，共同前进

让一条道路理解另一条道路
让道路在彼此成全中
丰富着前进的含义
让前进中的困难和阻力
成为提升与跨越的
一种契机和一个理由

过了土木堡，就是怀来
一条钢轨的河流，溯洋河而行
过鸡鸣驿与鸡鸣山，下花园北站
在车站任何区域，几乎都可以看到
南边不远处的鸡鸣山
而手机屏幕上的施工照片
吊塔挺立，桥梁摆尾
如报晓的雄鸡在朝阳中挺立

向北，向北

宣化，一座明代九边重镇
如版图上的一枚棋子
京张高铁，在北城墙边驻足
宣化站的古典风格
为一条高铁的时空穿越埋下注脚
而如果站在宣化站的屋脊
张家口站就遥遥在望

张家口南站的詹天佑雕像
与青龙桥的铜像构成某种呼应
两座雕像的凝视
让两条铁路的钢轨悄然接通
新的张家口站正式投入运营
普速客车重归张家口南站
张家口，因为拥有两种意义的钢轨
成为路网中的枢纽

京张高铁，张呼客专，张大客专
同步开通。如同版图上打通的经络

京兰通道贯通至包头
山西雁北，瞬间今日高铁时代
内蒙古和山西，有了自己的进京通道
崇礼支线，也如妖娆的枝条
太子城站，正对着 2022 年
北京冬奥会的颁奖广场

凛冽中的纯净，让我们的
呼吸与眺望焕然一新
而因为冰雪的滋润
枝条将继续生长
未来，向着内蒙古
将钢轨的橄榄枝伸向锡林浩特
而另一根枝条，向着延庆挺进

随着京张高铁开通的风笛
中国高铁的长卷
已延展至 3.5 万公里
从京张铁路到京张高铁

车窗记录的百年历史
也浓缩进了沿线每个高铁站
那一块清末民初样式的站牌
百年京张的前尘旧事
变成一个个新时代的传奇

笔墨高铁

2008 年 7 月 27 日，京津城际
在高铁的小桌上铺宣纸，作草书
我们请了几位书法家
线条迅疾，笔走龙蛇
特别是加上时速 350 公里的加速度

晨报上的题目是
“——这是从古至今，大地上最快的笔速……”
的确，这是从古至今
中国大地上最快的笔速……
此后，中国高铁
在版图上完成了近乎完美的书写

2019 年 12 月 30 日，京张高铁开通运营
福字和春联，送给首发列车的旅客
正丹纸上，有关中国高铁寓意的
笔走龙蛇的线条
在不动声色之间
有了更深的蕴意

出发，新年第一天

新年出发的诗意
由高端智能验票闸机开启浪漫
哦，走进复兴号车厢
这引人遐想的“夜空蓝”
竟然出自诗人的字里行间
2020 年 1 月 1 日，背起行囊
14 点 40 分，G8815 次
北京北开往太子城站

从未曾觉察的启动
到畅快淋漓的奔跑
我屏住呼吸，体会着
细微变化的节点
车窗外阳光温暖，风景在变换
车厢里诗意浪漫
灯光如雪，如梦如幻

走过一节节车厢
如走走亲戚，拜拜年

旅客的交流以目光对话
以默契感知旅途的喜悦与同感
有人望着窗外沉思
有人忙着拍照、聊天
小桌上，一名小朋友在堆积木
另一名，在图画本上画出了
2022 年北京冬奥会赛场上的滑雪运动员

一位帅气的外国小伙子
在兴奋地拍照，左顾右盼
和我一样，他也走过好几节车厢
微笑，既是交流的语言
更是向同行者递上的名片
车门口，两位随车技术人员在交流
下午 3 点，保洁女工刚刚吃午饭

旅客们问这问那，兴趣不减
乘务员何建丽当起了讲解员
她家在张家口老铁道边

从小听长辈和老师们讲詹天佑
讲京张铁路的故事，不知听了多少遍
间或，她扭头沉思
望着车窗外起伏的山峦
留给我们一个美丽的侧面

列车运行 1 小时 04 分到达太子城站
我帮最后一位下车的旅客拿下雪具
她背着两个大包
说一个人去滑雪，更浪漫

返程，我没有停止拍摄
车窗圆拱形的画框之内
是夕阳中的妖娆远山
山巅上的雪闪着凛冽的光斑
复兴号一路疾驰，我感觉
自己好像在平静的水面
一去一回，仅仅两个多小时
仿佛一次穿越，跨过了百年

叁·高铁，高铁

每天，动车向前

每天，动车向前
平行且超拔于大地的翅膀
似乎在奔跑中
引领和提升着什么
轮轨唰唰，执着
满怀激情地不倦刷新

原野与江河的界面
使之更便于浏览，更便于
遐想与沉思
每天，动车向前
那么多惬意与赞美的目光
正是从你的肋下生发
亲爱的动车，可不可以称你为
带领时代飞翔的使者

这些从车窗向两侧出发的
千缕万缕的眺望啊
是你巨翼之下透明而丰满的羽毛

于是，版图增添了动感
于是，心头郁积的负荷
消解于清风，原野，晨曦，晚霞

谁也没有留意
每天，走进高铁车站
脚步会自然地轻快起来
谁也没有留意，那么多匆忙的脚步
迅速习惯了崭新的旅程

每天，动车向前
谁也没有留意
名叫“高铁”和“动车”的词汇
已然在意识和潜意识
以及生活新版的词典里
悄然进驻，落地生根

高铁，动车的承载
已经超越了一般定义里的

物体与人的位移
甚至超越了每天
批量节约出来的时间

每天，动车向前
钢铁的潮汐，具有了普遍的意义
汽笛在优雅地陈述
个，十，百，千，万，亿
12306 和 95306 网站
加权的基数在不断扩大
成为一种充满诱惑的暗示与感召

轮与轨的摩擦
轻快而柔顺
像双向的、互动的抚慰
——唰，唰，唰
像一种过滤和提纯
像一种无止休的修炼
让旅途不断抵近完美

有人说，乘上动车
像进入另一番天地时空
有人说，乘上动车
会自然地想到今世前生
会想到超越自身的事物
的确，你我他的脚步轻快坚实
中国的脚步就轻快坚实

站台见喜

刚开始以为是音乐
当我抬头看见它们
才确信了站棚下盘旋的喜鹊
顺着欢快的叫鸣
我还找到了桁架的枝柯间
它们小小的家

筑巢，生儿育女
在高铁站台一端
抬头见喜是寻常事
从大胆的选址、构思
以及衔来第一根细树枝开始
受力、平衡、稳固、美
这些要素，需要有
车站总设计师一样的考量

当然还有安全
躲开风雨，远离高压线
特别是人类的竹竿

更重要的，还要在不经意间
讨好并感化他们
让漂泊的目光
找到一个高处的支点

其实，高铁站就是一个鸟巢
巨大的白鸟排列整齐
每天准时开始飞翔
向无边世界
张开它们透明的巨翼

我一边感慨
这些小家伙的适应能力
一边浮想联翩
一边掩紧风衣
像一只敛翅的中年灰喜鹊

一块姓“铁”的铁

是的，随着工龄增长
我们才慢慢懂得
今生姓铁，做一块有血有肉的铁
是惬意而幸福的

每天早晨，响应汽笛的召唤
像一台醒来的动车
去加盟每天都在拔节的钢轨
——是多么的幸福

很多时候啊，仿佛畅想刚刚启程
列车却已经悄然进站
的确，无论写下多少行的文字
路基般厚重的感动依旧无法平息

透过车窗，看那骤然亮起的万家灯火
宛若降落于大地上的星群
正在无数痴情凝望的瞳孔中
——熠熠生光，熠熠生光

白 鸟

湖面靛蓝
两只白鸟在天空闲庭信步
优美，抒情，浪漫
羽尖画出的曲线
刚被线塔举上天空
又让钢轨临摹在大地上

岸，黄褐色的远山
水更蓝，云朵更白
上善之水，让路基绷紧肌肉
加剧了呼吸和律动
天地大美啊
列车和电流都忍不住放慢了脚步

寒来暑往
长藤般的钢轨粗壮起来
天上的河流也奔涌起来
催生出无数看得见和看不见的
花朵和果实

而它依然在使劲伸向远处
沿着路基朝远处跋涉
我的脑海之中
一直铺着这样的湛蓝
我的灵魂之中
一直飞翔着这样的白鸟

刷　新

动车驶过
以突如其来和毋庸置疑的姿态
大地又被重金属的潮汐
刷新了一遍

唰——唰——
没有刺耳的汽笛和铿锵的声响
被桥墩举到空中的道路
有了令万物微微仰望的高度
唰——唰——
仿佛大地在陶醉的震颤中
轻轻地，轻轻地歌唱

不仅是这般优雅和温柔
唰——唰——
像一道道剑光闪过
如一种强制力的刷新
不仅仅刷新着道路
还有它两翼滑翔覆盖的万物

梭巡万物

邻座或对面的旅客
在梭巡山河，目光闲散又专注
嘴角翕动却没有言语
你也一定会在高铁上发现
这平静的凝望饱含深情

似乎要越窗而出，渗透到
山河与万物之中
第一次在高铁上
快速而均匀地巡视世界

隔着真空玻璃
是否看见了一些从未看见的事物
车窗里的目光
并不能看见路基上的草茎
在以亘古不同的姿态舞动

旋转座椅

“转过来，转过来……”
乘务员在自语中劳动
从第一排座椅开始
火车和一条道路
以及道路两侧跟着前进的大地
次第掉转了方向

终点站，旅客下车
动车要往回开，要朝来路飞驰
有一种前进
比返回的意义更深了一层

顺着时光的来路，退回去
这的确有点像是真的
退回绿皮车中的昔日祖国
退回站台上的懵懂少年

乃至退回命运中一个仓促的起点
退回介于出发和抵达之间

青春站台上的等待与茫然
以及那时的远处
若隐若现的憧憬

到达场

到达场，像一个巨大的弹夹
装上子弹
再伺机弹射出去

谁都渴望准时出发
压缩路程，谁都想提前抵达

唰唰的高铁反而在提醒着
恰逢其时的别离与重逢

要规避快慢之间的掣肘
要精准击中目的地
要减少或删除
一生都无法弥补的错过

动车驰过旷野

动车呼啸
人文之力开始接近洪荒之力
两翼，人文的风，金属的风
开始接近自然风

这不是一件小事
大面积的事物
每天被准时刷新与催动
旷野上，有几只小兽
也在土冈上直起身子

恐惧、不安的目光中
闪过几丝不易觉察的惊喜与苍凉

动车抽走了什么

在站台等车
常常被身旁呼啸而过的列车
从身心中抽走一些什么

那仿佛是一种时空之外的
抽离，猝不及防，毋庸置疑
那短促的、立体的、覆盖式的
过滤式的、飓风般的呼啸

的确是强行从身心中抽走了一些东西
在站台上等车
一列动车会抽走你一点什么
你会变得越来越轻，越来越薄

最后薄得像一张
手机中的电子车票

高铁编组场

我不敢惊扰这个早晨的高铁编组场
不敢惊扰一列待发的动车
一声风笛，不敢惊扰我刚刚走过的天桥
以及远处沉默如铁的山梁
我不敢惊扰调度台
那位精神集中的值班主任

他身着蓝色工装，手势和眼神中
有铁，有大地上一道闪电的凛冽
我不敢惊扰显示屏上
红色、绿色、黄色、蓝色和白色的
纽扣大小的指示灯
不敢惊扰，调度命令上某个
小于 5 号的数字，以及
调休室窗台上一只斜放的口琴

是的，傍晚的高铁编组场
像星战总部，高铁列车
是弹夹中一触即发的闪电

而清晨的编组场
是一架春天的竖琴
一会儿，该出发的都出发了
只剩下钢轨的琴弦
在第一场春雨中藤蔓般闪亮

电线上的燕子看见了
跑过道口的女工没有打伞
头上的安全帽是黄色的蓓蕾
她跨过小小的羁绊
张开双臂，代表一个劳动的音符
在空中飞了一小段

春天的高铁编组场
一架横陈大地的竖琴
云朵，缓缓移动的羊群
擦拭，抚慰
但我想动用一声风笛
通知两排车轮开始轻轻吟诵

动车库

如奔驰的骏马回到栖息地
远方，透明的丝线被车轮缠绕、拉紧
这里，又像大鲸鱼的巢穴
为暮晚垂下铁质的帷幔

有一朵云，千里追随而来
今晚，它将栖身于
动车库东北角巨大的屋顶
如同一团蓬松的棉丝
今晚，它将一边抚慰钢铁的马队
一边擦拭满天的群星

今晚，万物安睡的夜晚
在鲜为人知的动车检修库
几万颗螺丝，如同银河中
闪闪发光的飞翔的钢铁
将逐渐冷静下来
接受仪器、光波和我们的目光
梭巡与凝视的严肃检点

复杂性单纯

高铁的复杂性
试图契合地质的复杂性
动车结构的复杂性
默契于旅客的丰富性

我们，一直在复杂性与丰富性中
追求单纯，追求
一寸一寸剔除了颠簸的驰骋
追求一种介于奔跑与飞翔之间的
临界状态

像精致的螺丝
拧紧，标上不容松动的红线
像轴承中的珠粒
如飞旋的小小星体
隐秘而微小的浩大
流畅与严苛的快乐皆不为万物所见

望高铁的人们

远处，动车开来的时候
老人们暂停了对高铁和远方的猜想
村口的老人
整齐地转动头颅

一辈子，生活中几乎每天都有
这样一闪而过的事物
总能准时望见
却一直没有机会看清

一群猎豹
潜伏在它的体内

动车库，将近凌晨检修结束的时候
大鲸和身旁的改锥、手电、安全帽
也都将小憩片刻
那几个小伙子也是

动车组，一头大鲸
在我们的眼中
它更像一个长条形的白色帐篷
透过金属的帷幔
我看见一群猎豹正潜伏在它的体内

哦，多么壮观的一群猎豹
它们绷紧了钢铁的肌肉
它们并肩挽臂，仿佛蹲伏在
比钢轨更低的地方
打盹，假寐，其实它们根本没有睡着

只要一根手指按下某个按钮
只要风笛，一声轻轻的召唤

只要有一头猎豹醒来
千万头猎豹都会瞬间醒来
只要有一头猎豹醒来
钢轨的藤蔓就会浑身发痒
点燃扑向远方的一场海啸

抽象的力量

螺丝把力量集中到怀里
头顶上的电网，是悬空的河流
地板反射出另一个车厢的光芒
显示屏上，数字在舞蹈

还有暂时看不见指令的
鱼群在奔忙
以比时速 350 公里更快的速度
追逐着列车嬉戏
却不容有分秒的闪失

还有介于看见与看不见之间的
大地中散乱的力量
向桥墩周围聚集
混凝土中的钢筋绷紧了一些
或者如水草摇曳
——只是那幅度不为肉眼所见

大鲵浴身

车体的皮肤
已结出透明之壳
这样，清洁车体的工人会省些力气

我在想，那些不同省份的灰尘
执着的黏着力，它们究竟要去哪儿
这些细小飞尘，如何能以350公里的时速
附身动车，铤而走险

“曾闻碧海掣鲸鱼，神力苍茫运太虚”
我沉溺在一首古诗里，我在想
车头两侧红红绿绿的斑点
有大有小，有深有浅

我在想那些无辜的
数以百计、千计的
被一股飓风裹挟而不能自主的
命若灰尘的草蜢、飞虫

风笛隐忍

一位诗人说
“动车风笛，有欲言又止之美……”
它并不仅仅是谦虚，而是
要留出充足的力气奔跑

与蒸汽机车和内燃机车相比
动车组的确放下了身段
直线、棱线变成了曲线和流线
一块铁的柔软过程
就是一块冰想变成水的过程

每天，浩大天地
千声万声，风笛隐忍
意在提醒嘈杂世界
还有那么多生硬的，近乎
不容置疑的姿态和嗓门
是不是也要
一一轻软下来
一一轻软下来

高铁对话

坐在高铁上
总是特别渴望与对面的旅客对话
以唰唰奔跑的轻盈
以轻柔的
风笛的语速

在高铁上，想把所有的戒备松绑
想告诉对面陌生的旅客
自己所有的喜怒哀乐
不管男女老幼，不管得到的
是回应抑或沉默

只有坐在超现实的高铁上
一个守口如瓶的人
才有了这样的想法
高铁上的同行者
仿佛超越尘世
有着不一般的信任关系

而对面的旅客
心里可能也是这样想的
但总是望着窗外
那目光比窗外的大地还要茫然

“哦，是的，高铁时代……”
我不禁自言自语起来
邻座的旅客，如楼宇中的邻居
近在咫尺的遥远
渴望一条架通心灵的高铁

大地之上

是一列动车的奔跑
推动了版图的延伸
大地之上，万物各有其来处

你登上的这趟列车
尤其是
在一只飞鸟的眼中
随着一列火车的远去
地平线出现了缓慢的弯曲

随着一声汽笛被天空所吸收
荒原，开始慢慢隆起

高铁姻缘

高铁说，速度
也会催生爱情吗
动车里的咖啡
没有想到自己特殊的味道
高铁上的风景
没有想到如此的新鲜浪漫

双城记，钢轨的银线
没有想到会成为情丝
高铁也根本没有想到
自己会成为月老

因为高铁
两座城市成为一家
出发，抵达
人生的班车，青春的邂逅
高铁车厢的座椅
也适合拉近情感距离

高铁恋，以高铁之速撮单成双
如今，有的孩子都上了小学
有的娃娃就出生在高铁车厢里
如今，他们在餐车的扶手上
玩单杠，小猎豹一样
在车厢里蹿得飞快

检修车间

子夜，动车像巨大的软体动物
带着一天的疲惫和鲜为人知的体悟
潜入洞穴

在甲站和乙站之间
进食，产卵；进食，产卵
现在，它巨大的腹腔忽然空了
比空无一人的站台还要空
比头顶旋转的星空还要空

行走在超然的走廊
离地三尺，高铁的气息
弥漫过来，哲学与宗教般
迅速淹没了我和一列动车
突然而至的孤独

渴望归队

一块前世的铁，渴望无票乘车
一块死过的铁在炼狱中得到升华
是金属还是肉体
渴望在时光之轮飞速地旋转中
提前到来的轮回

基桩中的钢筋，站棚上的桁梁
钢轨，车轮，转向架，车体，轴承
可以是一块钢板，也可以
委身于一颗螺丝
我有能力赋予一个零件
肉体的力量

大地中漫游的浪花般微小的力量
多么渴望归队，多么渴望
早一些汇入透明而崭新的洪流

高铁譬喻

大地之上的河流
飞舞的银龙
时间的生产线
介于奔跑与飞翔之间的驰骋
经济社会发展的传送带
穿珠的银线
最守时的“出行伴侣”

而我从航拍的真实角度
看见的是一条迅疾拉动的绷带
我看见的是逶迤山河
大面积裸露着的
那么多尚未愈合的伤口

高铁哲学

在命定的旅途中
提高速度
节约时间
延长生命

这是高铁哲学
时代的辩证法

高铁让幅员辽阔的中国
大大缩小，高铁
改变的不只是距离
也改变了个人
对自身局限性的认知

《时代周刊》这样说
中国高铁，改变了人们
对其居住大陆的看法

高铁上

场景，每天都在重复
又不完全一样
如此刻动车无声启动
近处的景物朝后闪去
而远处的，更广阔的
则跟着我们前进

从车窗的角度看过去
披雪的大地像一个托盘
万物皆在其中
而我们常常行走在它的边缘

前进，道路在升华
笔直的高铁提示着我们
时间，并不是线性的
有人看手机，有人望着车窗外
寻找两个方向的轴心
而我在想，远处轻轻旋转万物的
那只神秘的手

关于一座钢梁桥的素描

在铁路沿线的很多地方
我看到工字钢和槽钢
手臂般紧紧搭在一起
构成精确的力量美学，这美
包括抽象，以及它们的阴影

我们看不见的劳动
金属的长廊、钢铁的藤架
放大的铆钉的甲壳虫
微缩的焊缝的河流
吸附于力量的峭壁，螺丝们
有着仪仗队的精气神
完美的曲线被它们搂在怀中

痴迷于铁的人
可以透过油漆和铁锈
洞悉一座桥的哲学
可以看见列车每次通过

都会催生一座力量的迷宫
可以看见神秘而繁复的力量
瞬间接通了两岸

此刻，一种铁的身后会诞生
另一种铁，一边进驻我们的身心
一边借助前一种铁
跑向比生命更远的地方

桥　墩

这坚实的胸膛
让人想到巨人
力量延伸出体外的部分

拍拍它，一种信任
会导入身体
靠在它身上
血脉奔淌的隆隆之声
感受远方
遥远而厚重的心跳

我看见钢铁液态的力量

从焊缝上的鱼鳞纹
从一架大铁桥
河面上徜徉的倒影
我们看见了钢铁液态的样子

这么多年
之所以被工地所吸引
主要是慢慢了解
看似生硬的物体
都是活的，似乎
都有着呼吸与情感

一座桥墩坚定的样子
一颗螺丝的职业操守
一根桥桩里的钢筋守身如玉
忍着，尽量不生出一点锈斑
而一座大桥的内部
力量的群舞丰饶而迷人

站在河边，有人这样遐想
假如一一移走其他的部件
让所有的螺丝
都悬浮不动，发光
一座大桥
会不会成为一道银河

轴　承

珠圆玉润
精致，秘不示人的饱满与完美
幽暗处，披挂幽蓝的瀑布
围绕轴心的滚珠

像过山车上的孩子，翻滚
畅游在小小苍穹
哦，群星在运转
逻辑，旋律，过程
高铁车轮上的轴承
有一种哲学的完美

坐在车窗里
我以高铁同样的速度
打磨一颗颗抽象的
思想的珠粒

仰视一颗螺丝

与其说是我抓了它一下
不如说是它拽了我一把
京张高铁上的官厅水库特大桥
第二拱最高处，杯口大小的一颗螺丝
是我的好朋友

今天，我不能再爬到高处
只能以长焦镜头凝视它
它也因为看见了我而微微颤抖
我看见它紧紧搂住普通的岗位
甚至看见它内心的力量
顺着螺旋的跑道轻快地滑动……

晚上，帐篷里睡不着
我默数着生命中打过交道的螺丝
我试图一一松开它们
我试图一点点拆开自己，像一座桥
一根根取下数以万计的杆件
最后，一颗螺丝落在了天上
慢慢发出光来

桥墩鱼缸

我眼前的桥墩总是呈透明状
于是钢筋会成为水草，摇曳
于是石子会变成金鱼，游动
我眼中的桥墩是椭圆形的会议厅
力量们秘不示人的讨论
力量们繁复而精美绝伦的舞蹈
力量们友爱的战斗
告诉我，这里是立体的花园
作用力和反作用力
都是正能量
严肃庄重的力量
活泼调皮的力量
憨厚笃实的力量
轻灵飘逸的力量
有时会突然静止
借助一只贝壳张开耳朵
倾听，头顶上横无际涯的涛声

铁

铁是固体中走出的液体
铁是一种液体
变成的另一种冰

铁，因衰老而生锈的皮肤
铁身上的疤痕，荒凉
让人想到月球的表面

一块铁的力量
由于偶然的原因
会定居到另一块铁中

铁用劲儿的时候
成为一朵怒放之花
围绕铁，劳动的手势

也是铁质的
而所有的铁
也都是有血有肉的花朵

枕木窗棂中的麻雀图

我们用力
把一条道路拧在大地上

枕木与钢轨
打开一排大地之窗

石子，如麻雀挤挤插插
一边啄食草籽，一边好奇

扒在大地的窗棂上
巴望着这边的世界

早晨，上线作业

眨眼之间
晨辉的长睫
把铁上的霜轻轻揩去

抬起头来
山河亦在俯首
风吹着桥墩的排箫

看道的工长
跪在钢轨上，俯身
召唤一样伸出手势
铁质的目光
沿着钢轨的下巴颏延伸

机械和工具面面相觑
油脂的蓝，黏稠而深邃
而钢铁的镜面明亮
刚才，从这里
斜飞过两行大雁

接触网工

“劳动，并不局限于脚踏实地……”
借助突然冒出来的一句诗
更深地理解天空中的伙计们
凌空高舞的七兄弟
恰好是 A B C D E F G
他们把生动的影子
外衣一样掷在路基上

几个巨大的音符，有血有肉
呈半透明状
于缄默中变幻读音
演奏者，虎口出发的力量
源自扭曲而夸张的腰身
受力点，也托举到额头上方
哦，这雄性的飞天造型

你们一扣一扣拧紧螺丝
拧紧一道银河中的小小星辰，劳动
聚焦低空中的舞蹈

汗水在额头和手臂上凝成珍珠
落向钢轨、石砟和枕木

几尾游上天的红鲤
顺着脉络与主线，仰视
是的，稍微变幻视角
会发现钢轨上方更多的浪漫
顺着紫铜的脉络悠然飞向远方

而那些路基上的影子
活泼而生动的版画，厚达半寸
舞蹈，蠢蠢欲动
它们想借助一阵风和一声汽笛
重新飞回天空中的身体

劳动的铁

一块铁，只要处于工作状态
就不至于生锈
多年来，我们在工地上结识
一块又一块聚精会神屏住呼吸的铁
很少闪腰岔气和跌打损伤

铁，一般不怎么说话
劳动的人懂劳动的铁
知道它们是明白事儿的
任何一块铁、一颗螺丝
在岗位上铆足了劲儿
力量在凝聚、收束与扩散

一块铁发力的曲线和图形
如浪花，抽象而虚无
不为肉眼所常见
一朵朵浪花的力量
汇聚成铿锵的洪流
我们俯身劳动，乐于贴近钢轨

融于这劳动的河流之中

的确，世界上有一条河流
是铁质的
于是，一根竖起来的铁
会长成一棵树
某颗螺丝会凝成一苞花蕾
任由时光和一千趟火车也不能运走

在工地
累了就蹲下来，或者坐一会儿
一手扶腰，一手搭铁
透过钢轨，那与肉身相仿的体温
触摸到幸福与疲惫的远方

钢轨焊接

烈日炎炎之下
蜿蜒路基之上
我挥汗如雨的养路工兄弟
给钢轨加温，为信念淬火

铝热焊，用高温火柴
点燃金属的化学反应
切割、打磨与焊接
隶属于劳作的工艺
不仅仅是消灭误差、弥合轨缝
和我们骨肉相连的作业
质朴、严谨而完美

盛夏，轨枕间铺开的火热画卷
在绿草与树木拱卫的路基上
劳动的奥义次第呈现
一滴热汗渗进钢轨的刹那
就是兄弟们站成雕像
也是金刚罗汉，立地成佛的瞬间

吊　塔

一株干枯瘦劲的植物
缓缓转动手臂
像一位园丁，在工地栽种钢筋水泥植物
吊塔，自身的超拔、孤独
并不容易被周围的事物理解

常年在工地上，面对吊塔
有待提升的物体常怀膜拜之心
面对巨人和圣者的骨架
当角铁和槽钢透明的时候
这向着天空生长的
崇高的力量奔走的庞杂水系
开始在意识中闪现崇高与神圣

换个角度看
吊塔，化身为瘦削的花篮
那被钢铁切割的三角形蔚蓝光芒
形如花瓣，镶嵌着几何之美
它以地心为轴，认真而缓慢地

在天空中画着虚无的圆
勾勒花朵唯美的口径

不单是我，在工地周围
很多事物都在仰望吊塔
包括金属、木料和砖石
很多事物，也都默默期待
被命运之绳拉近、提升
包括那只没有来得及撤离的蚂蚁
吊塔，经常被审美所忽略的吊塔
仿佛在不倦提升着整个世界

当起吊的口哨响起，仿佛一切
都在随着一束钢筋缓缓上升
斜下方，我在仰视中
看清了很多事物的底部
看见但凡在晕眩中离开大地的事物
绝大部分都能把渐趋纯粹的光芒
缓慢而透彻地披在身上

一只鹰盘旋在钢梁桥的上空

在工地上，连续几天
我都注意到了天空中的这只鹰
像滑动的磁针，偶尔
凝固不动
任凭天空的唱盘兀自旋转

水面之上的建设工地
不会有一片土丘，不会有
一根草，自然
也不会有一只田鼠或野兔

于是，在我们头顶上盘旋的一只鹰
成为纯粹审美意义上的一只鹰
成为让一个写诗的人
浮想联翩的一只鹰

一座跨江越河的铁路钢梁桥
蔚蓝色的大鹏鸟一样的钢梁桥
包括它铺水面上

柔软但又不肯随波逐流的倒影
在一只鹰的心目中
定然有着另外的样子和含义

于是我确信
每一片波浪都看见了自己在天上的影子
每一片羽毛都看见了自己在水中的样子
而这只鹰，张开的翅膀一动不动
像一小块飞起来的钢板
轻盈，但又很严肃、很庄重
仿佛替大地上所有的钢铁
在天上松开了翅膀

复兴号的风笛

今天，我乘坐“复兴号”出行
今天，我看见大地上的一束光芒
正以特殊的含义刷新着浩大版图
新时代，时代列车以崭新的语感
在天地之间书写一部长诗
今天，中国高铁和国产动车
接受时代的检验与巡礼

风笛依然低调而优雅
如一根圆润的曲线划过心灵
细心倾听，用心体会
如一位奔跑的巨人充满自信
把更多的力量聚拢到身心之内
从起步、奔驰，到接近飞翔

今天，大地上的一束光
照进现实与梦想
动车隆隆前进的声音

把奔跑的力量通过基桩
导入了大地深处
那倍儿爽的唰唰唰之声
到底是过滤还是在刷新

过滤时间，刷新速度
让大地和大地上的万物
那些看得见和看不见的
让那些移动的、瞩目于你的目光
焕发出惊奇、惊喜、惊艳的神色

新的时代，在时代列车的身影中
读到了“道路”“速度”“奔跑”
新的含义。从今天开始
神州版图掀开了新的篇章
车过长江的时候
西来东去的鱼群
穿越了水面上一道银色幻影

车过黄河的时候
铺排而来的曙光
搭上南下的风笛奔向大海

大地上奔走一束光，也是一面长镜
借助天空和河流的映衬
照见历史也照见了未来
唐胥铁路，京张铁路，粤汉铁路
中国的百年画卷
在“复兴号”车窗的拷贝中次第闪现
沧桑巨变的中国
劳动者的长队逶迤而壮丽
连接了历史与现实
严冬之晨，鬓角眉梢的霜雪
盛夏之夜，甩落如星的汗粒

镜头在拉伸，车窗的拷贝中
一块铁在速度中轻盈起来

一颗螺丝抱紧怀中的理想
基桩中的钢筋，站棚上的桁梁
钢轨，车轮，转向架，车体，轴承
金属拥有了血肉
肉体绷紧了钢铁的肌腱
是的，在高铁之上
具象与抽象的劳动中
金属、肉身与精神悄然融为一体

我们在普通而非凡的劳动中
如高铁曲线半径一样扩展着胸襟
如隧道口径一样让思维的深呼吸得以开敞
俯身和仰望都能看到，车轮在轨面上的切线
是那么整齐而完美地滑向了远方
挑战极限，追求数学一样的严谨
兴路强国，践行使命一般的责任

啊，一列列远去的动车

分明是一道道不断加幂的方程式
每一个数字和符号都关涉国计民生
每一步演算都要一丝不苟、精益求精
让我们的每个精神细胞活跃起来
裂变、衍生、拓展、升华
让能量与力学传递的逻辑链条
在完美闭合中伸展灵感的藤蔓

是的，严苛有严苛的魅力
是的，苦累有苦累的快乐
我们欣喜的理由是
今天的中国，高铁已成为热词
喜爱大地之上的河流
喜爱这飞舞的银龙、时间的生产线
喜欢这介于奔跑与飞翔之间的驰骋
赞叹这经济社会发展的“传送带”
穿珠的银线连接更为顺畅的旅途
守时的“出行伴侣”让亿万人

把旅途变成乐于分享的“时间蛋糕”

从两个方向出发的复兴号列车
如两道光芒擦肩而过
像颀长的手臂，握手，拥抱
在湖畔涂抹两笔亮丽油彩
在山脚下合力托起一轮红日

数以万计的零件也是笃实的劳动者
数以万计的彩线就是我们的神经
数以万计的指令在天空中穿梭而舞
数以亿计的石子啊
就是我们的人民
正在新时代民族复兴的长路上
以混凝土般的意志团结与凝聚起来

复兴号在奔跑
沿途的城镇、乡村

沿途的山河、万物
都向你投来惊异和欣赏的目光
前进的复兴路上，奔跑的人与事物
谁都有必要刷新自己
——从意识、观念到心灵
欣然接受一道闪电的启迪
视野，胸怀，对道路与前途的认知与理解
一个国度的心胸和气量
正在悄然深化与展拓

从鹰的角度俯瞰
一束光，照彻理想与现实
四季，大地的彩纸上
迅疾滑动的白色橡皮
大地与人生那么多沟壑、颠簸、坎坷
正在被一双神秘之手轻轻擦掉
——轻轻擦掉

前进，前进，前进
让速度更为迅疾与稳健
让时代列车的提速挡升华到更高的位置
让复兴号张开无边羽翼
向着朝阳中的地平线
迎着辉煌，奔向梦想

其实，每列清晨的火车都是诗的头一行

诗友开玩笑说我是写诗的朋友中坐火车最多的人……想一想，真是差不多吧。

1984年入路，坐火车成为常态。出差施工坐火车，跑车间、跑段上、跑分局，都是跑通勤，都得坐火车。从“哐当哐当”的绿皮车到“唰唰唰”的高铁，30多年过去了，小伙子变成老伙计，给钢轨写了上千首“钢轨诗”。我要求自己的诗既能让工地上的工友看懂，又要得到专家和诗界认可，二者不可偏废。再进一步说，我写诗给自己规定的任务主要是把钢轨、枕木、道钉、螺丝、桥墩、机车、站台这些硬东西写活，发现它们内在的柔软，于是螺丝成了花蕾，道钉成了胚芽，钢轨成了长藤，站台成了方手帕，高铁成了大地飞虹……

2001年秋天，我结束了鲁迅文学院的学习，去浙江苍南参加诗刊社第17届“青春诗会”。当时，揣在我书包里的那组诗《劳动，大路如虹》的草稿就是我作为唐山工务段安全室主任，站在30多米高的墩台上指挥京沈高速公路跨越京哈铁路架梁时，记在图纸和烟盒背面的。参加诗刊社第17届“青春诗会”之后，我被借调到《诗刊》当编辑，后来又被选调到中国铁路文联和铁路新闻单位工作，从在工地上摸爬滚打，到创作员、记者、编辑……无论干什么，少不了坐火车出差、跑通勤。

“米尔布莱和圣卡洛斯中领带整齐的美国钢铁文明的生产者和通勤者，拿着《旧金山导报》和绿色的《召集公告》匆匆而过……直到晚上才能回到铁路大地另一头的家中，此时，美妙的星星高悬于夜空，并紧紧尾随在特快货运列车的上方……我抬头看着完全迷失的湛蓝的天空……火车头鸣笛声听起来仿佛像在呼唤着远方的山野。”我觉得《在路上》的作者杰克·凯鲁亚克的文字冥冥中似乎是为我而写，只需把旧金山的两个城区名字换成北京和唐山，把那两份报刊换成《小说月报》和《南方周末》。

的确，我写诗的绝大多数灵感都来自火车，来自关于钢轨的劳动，以及观察和思考，也来自在路上的状态。在火车上，阅读、凝神和眺望之间，轮轨“唰唰”的声音会滤去心中世俗的杂念，思想会出现纯净的真空。我总会适时地在世界上最小的书桌上打开笔记本，或者干脆在书眉空白处笔走龙蛇。在火车上，我看到了四季轮回的微妙变化和生命的沧桑。我从沿途的城市、村庄、田野看见时间流逝的擦痕。更从火车上的旅客、那被相似的行程暂时归结起来的狭长的命运的走廊，发现人世间被旅途集约到一起的欣喜、陶醉、巧合、遗憾、惆怅……

在火车上，能够在熙攘的人流中享受一种茫然与孤独，于风尘随影的匆忙中获得一种宁静与安稳。挤上拥满农民工的慢火车的时候，我才能真实地嗅到人世间真实的味道。我还会想到一列高铁列车的几万个部件、那些团结一致的钢铁，看见它们绷紧每一块肌肉和力量在其中舞蹈奔窜的眩目图景——显然，它们身上每一个鲜活的细胞都充溢着担当和责任。闭上眼睛，我看见心中的火车不由分说、义无反顾地分开闪向两侧的世界，向着前方飞奔。我亲爱的火车，那永恒的速度、激情与信心连同窗外缓缓滑向身后的灯盏，一直陪伴、鼓励着我前行。是的，在黑暗降临的大地上，在旋转的星空之下，奔驰的火车仿佛低声喧嚣的暗潮在血管里奔涌，连那亢奋的铿锵也默契地应和着脉搏的节奏。在火车上，我体味到了“奔走就是抵达”。

我 17 岁成为一名养路工，练习扛枕木、抬钢轨、筛石砟，后来又系统地学习铁道工程、计划和指挥施工，粗略地了解了钢轨和火车的来龙去脉，再后来写诗，试图在诗中找到属于文学和艺术的更抽象的东西。

有哲人说是蒸汽机车改变了世界；有诗人说是火车带领着工业文明在大地上前进的。是的，火车改变了人类的生活，它运输大量的物资，让人们通向幸福。但同时，那两根钢轨的巨剪，是不是也把某种生命应有的长度无情剪短？

我在想，假如生命是一个在路上行走的过程，行走仅仅是为了行走吗？假如把乘舟而行的李白、拄杖跋涉的徐霞客请到高速列车上，他们行走的意义会不会变浅？反过来说，我们羡慕悠然交游唱和的古人，但是现在有谁出门旅行还会驾扁舟、骑毛驴呢？即使再过千年，在路上的生命也总会处于行动与精神的悖论之中。我们只有通过当下的生活体验，借助当下的意象，才能找到艺术道路的出口。

顺着钢轨无声的指引，让思想和文字进入一个新的领地……出京哈、走大秦、下京九、穿陇海、上青藏……无论游到哪里，只要看见钢轨，踏上站台，漂泊的心就会安定下来，美妙的感觉就会慢慢袭上心头。在荒原戈壁，一列前行的火车不仅会让绝境中的人恢复勇气，还会让人真切地感到在强大无边的大自然面前，人类力量之伟大。夤夜，在世界铁路最高的唐古拉站，打开笔记本电脑敲下诗行，仰望车窗外大如芒果的星星，我体会到铁路诗人的幸福。

翻开泛黄的诗歌日记：2004 年至 2007 年，六上青藏铁路；2008 年 7 月，登上中国第一列高铁列车；2013 年春天，在哈大高铁采风创作；2018 年秋天，在京张高铁建设工地参加劳动……多年来，我已经养成习惯，只要坐火车来到一线，我就会产生写诗的冲动。

我喜欢这样的子夜时辰：读书写字后坐在电脑桌前，像一个认真而敬业的火车司机，通过显示器的荧光透视着文字中的远方。一列列小火车般的键盘，在检车锤似的手指下敲出了咔嚓咔嚓的节奏。灵感的火花经常飞出窗口，投奔夜空中的星辉。

忘记时间，忘记世界，面对一个个蹦跳的词语、闪现着微光的界面，我从这里找到进入另一个诗意世界的洞口。

而此刻是春天，想起有那么多中外诗人曾写下关于钢轨和火车的诗行，想到无边的大地上朝着远方不倦奔跑的火车，我的内心就充满了激动与感怀：远方、朝霞、沧海、星辰，亢奋的出发，疲惫的抵达，在雨雪和风暴中执着地奔跑……命运的火车啊，正像滑动的巨指翻开大地苍茫的时光画册。每个早晨，火车给我的启示总像一首诗的第一行，那就是：将浑身装满力气，出发！